旅する町医者

修学旅行篇

秋元直人
Naoto Akimoto

文芸社

目次

リロイ・ヴィネガー賛江
――あるいはウォークの効用について――

人間の趣味嗜好《しこう》というのは、他者の介入を許さない絶対的なものである。仕事や世間様とのおつきあいと違って一切の妥協はいらない。惚れてしまえば、あばたもえくぼである。

リロイ・ヴィネガーと言っても、ミツカン酢の競争会社の名前ではない。極東の微少年微少女のあこがれだった、美国の西海岸を中心に一九五〇年代から九〇年代頃まで活躍した、ジャズのベース奏者である。往時のファーストコールベース奏者で、コンサートや録音などの仕事が入ると、ミュージシャンの誰もが一番先に、「リロイちゃん、ベースで入ってくれない？（と言ってるかどうかは定かではないが）」と、スケジュールの問い合わせをしていた人物である。世に名を残したベース奏者だけだって枚挙にいとまがない。チャールズ・ミンガスやジミー・ウッディのようなオーケストラベース、ポール・チェンバースのような優等生ベース、レッド・ミッチェルのような、しなるベース、ジャコ・パストリアスのようなエレクトリックどんしゃん陶酔ベース等々、まさに百家争鳴である。

その中で、リロイの特徴は、初リーダーアルバムの写真で一目瞭然、「ウォーク」である。このアルバムの選曲もすべてウォークでまとめられたお洒落《しゃれ》な企画である。因みに、この業界で、ウォークという言葉はリロイの代名詞とされてもいる。演奏は黙々と「ウォーク」するベースで、太い音を揺らしながらリズムを刻んでいく。ときにスキップしたり、速歩に転じたりすることはあるが、決して足が地面から離れてしまうことはない。

リズムを刻むだけならメトロノームで代用できるのではないかと疑問を発する向きもあろうが、一音一音に微妙な変化を味つけして遊んでいくのである。ソロのパートでさえも、小賢しい技巧だけをみせつけるような腕自慢には陥らず、黙々と濃淡だけをつけたモノトーンでリズムを刻んでいく。聴いている立場では、そのほうが飽きが

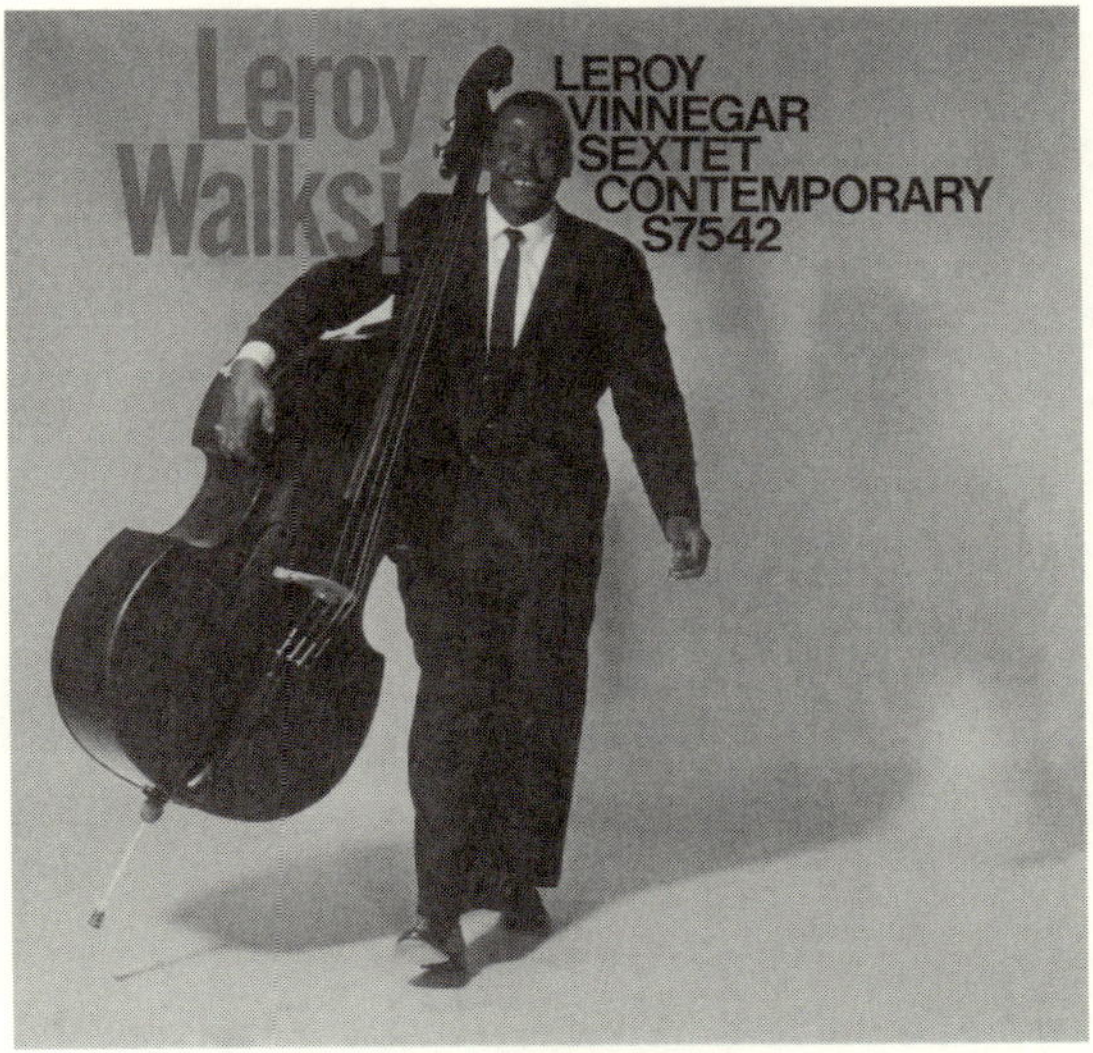

リロイ・ヴィネガーのアルバム『Leroy Walks!』
©ユニバーサル ミュージック

来ない。飲みものにたとえるなら、あれこれハイカラな味の飲みものを試してみても、結局はお茶のほうが美味しいという感覚とも似ているように思う。

こういうリズム隊のかっちりした背景があると、メロディ隊も安心して伸びやかな演奏をすることができる。聴いているほうも、いつの間にか、乾いた舗道を革底の靴で軽やかに歩いてみたいという気持ちが芽生えてくる。

リロイの演奏が聴けるアルバムは多々ありますが、さすがに今聴くとテーマのメロディが古臭いものもみられます。そんなときは、ベースの音だけを追いかけていくことに集中してみてください。いつのまにか貴兄貴女を桃源郷に導いてくれることは確実です。良い音というのは人間を心地よい眠りに誘うものでもあるのです。おかげで当方、このトシになってもＳＳＲＩ（抗ウツ剤）知らずであります。臨床においても、投薬の数を減らす効果のあることは確実です。

話はそれますが「歩け・走るな」という邦題の、ケーリー・グラント主演・東京オリンピックの頃の東京を舞台にした映画があることを最近知りました。グラント先生もウォーク派なのでありましょうか？　いつか観てみたいものだと思っております。

リロイ没後十年になる二〇〇九（平成二十一）年、イタリアのベース奏者がリロイへのトリビュートアルバムを発表しました。これがまたなんとも……。大体がトリビュート物の企画というのは没後すぐにあれこれ出され、あとは忘れ去られることが多いものですが、さすがイタリアにも烱眼（烱耳というべきか？）の士がいるものだと感心させられました。

リロイの演奏の楽しめるアルバムは、多々あるのですが、アート・ペッパーやデクスター・ゴードンとの共演のものは、現在でも入手しやすいですし、音も良いので、お勧めします。

ですが、やはりピアノトリオ。アンドレ・プレヴィン＋シェリーマン組のもの。レッド・ガーランド＋フィリー・ジョー組のもの。ジャック・ウイルソンと、これもフィリー・ジョー組のものなど。聞き始めるとすぐに池波正太郎氏だったら「これは、もう……」とつぶやくであろう、陶然たる世界にひきこまれていきます。

焦らず、走らず、「ウォーク」されてはいかがでしょうか。

再見。

リロイ・ヴィネガー賛江

うなドン

八月のある日、浅草の寄席に顔を出す。毎回行くわけではないが、この時期になると例年「吉例納涼住吉踊り」が開催され、贔屓《ひいき》の小円歌《こえんか》の仕切りを見る楽しみもあり、なんとなく足を伸ばすことが多い。

読者諸兄姉《どくしゃのみなさん》はことによると、寄席の経験はそれほど多くはないと拝察申し上げるが、空調は効いているし、お医者の初診料程度で、気力が続けば朝から夜まで過ごせる、まさに都内の穴場、プアマンズパラダイスである。

前の方の席に座っていれば、芸術品のような紙切り絵を貰《もら》えることもある。女性の場合、浴衣か着物で行けば、さらに割引がある。一度場内に入れば、俗世のきんきん自己主張する声もなければ、スマホ歩きにぶつかる心配もない。眠れぬ夜の疲れをとるためにお休みになるのも自由、飲食も自由である。この折など四合瓶を片手に一席ごとに口元に運ぶ若い男の客が居合わせた。面白いと量がふえるのかそうでないのか相関関係を科学者の末席に連なるものとして観察していたのだが、不明であった。それよりもいつ乱れるのかひやひや眺めていたのだが、昼席のおわり頃には瓶を空にして乱れもせず、しっかりした足どりで場外へ去っていった。こういう微妙なバランスが保たれているのが嬉しくなる。ほんに、ゆる～い、ゆる～い時間が過ぎていく。

その日の昼主任は駒三でお題は「後生鰻」。こんな話です。
ご隠居が鰻屋の前を通りかかると、ちょうど店主が鰻を裂こうとしているところだった。ご隠居は殺生を好まず功徳をほどこしたいと、その鰻を買い求め、前の堀へ放り逃がしてやる。翌日もご隠居が通りかかると、ちょうど鰻を裂こうとしているところで、ご隠居はまた買い求め、前の堀へ逃がしてやる。店の饅がきれると、今度は泥鰌《どじょう》を……という展開で、最後はブラックユーモアを帯びたオチになる、というものです。

ところで、「うなぎ百撰」というきれいな広報誌を鰻屋で目にされた方もおありと思います。「銀座百点」に似た体裁の小冊子で、加盟店は全国に名の知れた有名店ばかり。鰻に関するエッセイやお店紹介などが満載されているが、思わず微笑んでしまったのが、全国鰻蒲焼商組合連合会顧問に就任された大蔵省主計局出身の女性議員の笑顔写真の「うなぎカレンダー」を一〇名様にプレゼント、という欄でした。さしずめこの方は「鰻系議員」と分類されるのでしょうか。いとをかし。

我らが医系議員ももっと派手に……という話は省略するとして、実は当方はこの〝加盟店〟を利用することはあまりなく、もっぱらそれ以外のお店に入ることが多い。この二者の違いは奈辺にあるのだろうかと、数多くはない症例をもとに検討してみたのですが、前者は暖簾をくぐると着物を召された女将格の人が席に案内する例が多く、また調理場が見えないことが多い。翻って後者は白い店衣をひっかけ頭に被り物をのせたおかみさんがお茶を出し、あわよくば大将の焼きの技術を盗み見できる可能性が高い、というところではないかと仮説を形成するに至りました。今後も症例を重ね、検討していきたいと思います。

ですが、後者の店も人気が出るとタイヘンなもので、以前はふらっと入れた「初小川」などもかなり前から予約しないと席がとれないようで、お店にとっては慶賀することではあっても、流しの客にとっては寂しいかぎりですが、最近吾妻橋にいい店を……この話はもうやめます。

ゆるゆるにょろりおつきあい頂いて恐縮でしたが、ここまでが枕です。お手元に届く頃には北風が吹いていても、書いている現在は、ひよわなおツムが溶けてしまいそうな炎暑中なのでどうぞお許し下さい。でも枕の長さだけは小三治並みではないかと自負しております。

是非ともご一読願いたい本（文庫）があります。その名も『うなドン』。平積みしてあったのを何気なく目を通したのですが、まさしく「読んだ！　感動した！」。これはタレントさんのやっつけ本ではありません。肩書で人を判断するのは良いことではないのですが、著者の青山潤氏は東京大学農学博士であります。内容はケチらず買って読んでお確かめください。蒲焼の根源に関わる調査記録とだけお伝えしておきます。

この書は、また、背中から哀愁と加齢臭が立ち上り始めた男たちの奏でるビルドゥングスロマンとも解釈できます。人生の坂道を加速をつけて下り始めた当方にも勇気を与えてくれた書であります。（ただ、そもそも当方にピークがあったのかどうか、景気判断と同じで識者の間でも意見が分かれる命題でもあります）

ということで、おあとがよろしいようで。

再見！

方丈石

春爛漫《らんまん》の京都へ泊まりがけの旅に出た。それがどうした、と仰らないで下さい。当方早や町医者歴二十年余。営業時間中は暇なのに、とんでもない時間にお呼びがかかること多く遠出すること能わず。人様《ひとさま》には多摩川と隅田川に挟まれた狭い空間を徘徊するだけ、と同じ愚痴を繰り返し、嫌がられている。そんな当方にとっては画期的なことなのである。アラカンの修学旅行である。目的はみっつあった。ひとつ目は学会の出席単位取得（だが取得しても、もう上のクラスには上がれないのだが）、ふたつ目は山中先生（聴いた！　感動した！）。みっつ目が燦《さん》ざめく祇園《ぎおん》で龍馬する、ことではなく（正確に言うと経済面の事情で断念した）、鴨長明の庵《いおり》跡を訪れること。情報は、日野の法界寺《ほうかいじ》の近くである、ということのみ。早朝地下鉄駅を出てもタクシーもつかまらず、足をひきずりながらなんとか法界寺へ辿りつき、近くを歩いている人に道を尋ねると、「うち知りまへん、かんにんどす」との答え。

やっと三人目に教えてもらい、さらに一キロメートル余りの道程だが、途中からは滑るガレ場沿いの山道というよりけもの道を竹の杖《つえ》で支え歩き、やっと捜しあてた庵跡に立つ。「こんなところで！」と思わず声が出る。石（というより岩）の上は傾斜を伴って狭い。樹々に覆われ、現在でも夜の闇は深そうである。その場で祈りを捧げ、後ろ髪をひかれながら帰路下鴨《しもがも》神社に足を伸ばし復元された庵を確認する。いくら小さな庵であっても、あの場所に建てられるのかと心配してしまうほどであった。

長明さんは、この広大な下鴨神社の神職の子に生まれ、講演会風に紹介すれば、「先生は無名抄、発心集などの書を刊し、新古今集にもお歌を採択された当代一級の知識人で、とりわけ方丈記という世界に誇る書を著し……」という風になろうか。特記すべきはその生涯に、①都を焼き尽した安元《あんげん》の大火（一一七七年）、②すべてを吹き飛ばした治承《じしょう》の大竜巻（一一八〇年）、③同年の突然の福原遷都——古京はすでに荒れて新京はいまだ成らず。ありとしある人、皆浮き雲の思いをなせり——に巻き込まれ、さらに④二年に亘る養和《ようわ》の飢饉《ききん》（一一八一年）。ある僧が二カ月間死体を数え歩き、左京だけで四万二千体以上を確認したという酸鼻を極める記述もある。⑤同じ

「長明方丈石」という石碑が建てられている

頃に続いた、社寺がひとつ残らず被害を受けた大地震。以上の災害事件を実体験しているのである。

乱暴な意見であるが、それらの事件ひとつひとつごとにPTSDに落ちこんでいる余裕すらなかったのではないだろうか。

八百年後の世の素人の東人《あずまびと》が指摘するまでもなく長明さんの描写は実に冷徹、正確で、当時の惨状が眼前に浮かぶ素晴らしいルポルタージュであり、そして端正に日常生活を記録し無償の愛の素晴らしさも述べている。起こった事象に対し前のめりに声高に扇情的に被害を伝える表現からは一番遠い位置にある。

こうも述べている――人皆あぢなき事を述べて、いささか心の濁りもうすらぐと見えしかど、月日重なり、年経にしてあとは、ことばにかけて言い出ずる人だになし――。とてもcoolである。

諸兄姉《みなさん》も、もう受験勉強の心配はされないですむ年代の方々が多いと思いますが、この機会に学生時代以来の再読をお勧めいたします。

今回の小旅行のあと、とても清すがしい気持ちになった。かの、お伊勢参りのあとにもこのような心境になるのだろうか?

さて、辛い日常に戻る前にひと区切り、燦ざめく祇園で……。

昔話と暴力

当方の都内閉じこもり症候群を不憫《ふびん》に感じた友人が、旅に誘ってくれた。まさかの本年二度目の旅する町医者である。いい世の中になったものである。

旅の経由地の岩手県遠野《とおの》市で、偶然「昔話と暴力」というシンポジウムが開催されることを知り、後日出直した。パネリストは、山折哲雄、三浦佑之、西舘好子、橋本孝、佐藤誠輔そして赤坂憲雄の各氏。

昨今周知の通り、耳目を覆いたくなるような残虐な事件が報道される。我々はともすれば時代が悪いから事件の発生が増えていると考えがちであるが、戦前、戦後早期と比べ現在のほうが残虐な事件の発生数が増加しているわけではないことは池上彰氏が指摘しているが、基調講演の山折氏も人類の歴史で現在が凶悪な事件が増えているのではないと述べる。以下、字数が限られるのでサマリーとして紹介したい。聞き覚えなので、表現の誤りには当方に責がある。発言の順も多少変えてある。

山折氏は暴力（虐待）は、差別、飢餓《きが》、貧困から起こるもので、その逆方向はないと指摘。昔話（あるいは神話）と現実は別のものであるという前提で物語を読み、そこに込められている真実を読み取り、どうしたら幸福な生活を引き寄せられるかを考えるのが基本である、と話す。

橋本氏はグリム童話の内容の残忍性に触れ、グリム兄弟の少年期にルイ十六世が断頭台で処刑されたという時代背景を念頭に置いた上で、集められた話の八割は女性から聞き取り、何回も確認してから記録されたものであり、兄弟は戦慄を覚えながら作業を進めたであろうと述べた。また、ヘンゼルとグレーテルや白雪姫などで「継母」の残忍性が強調されているが、実は初版時には継母ではなく、実母として記載されていたことを紹介する。

西舘氏は、無名の母親たちがもっている内面性の欠如といった通り一遍の言葉で女性を捉えるのではなく、残忍性と慈愛、破壊と創造など異なったものを併せもつから女性であり、無償の愛を与えるのも母、理由のない虐待に行くのも母であり、これが西舘氏の女性というものを表す結論である。と話す。

赤坂氏は、かつて河合隼雄氏が母親の集まりで講演した折、母親たちの悪い面を投影したのが「継母」であると話したら、会場内で泣く人が続出したというエピソードを紹介しながら現代の女性たちが孤立の中に追い込まれながら一生懸命生きていく、その女性の眼で見たときに今まで見えてこなかったものに気付くのではないかと指摘した。

さらに山折氏はグリム童話に通底するものが遠野物語であり、河童《かっぱ》や座敷わらしは障害者そのものであり、物語を昔の他人事として受け止めるだけで満足してはならない、と話す。グリム童話を読み、愛と犠牲をテーマに新しい物語を創造したのがアンデルセンであり、遠野物語を読み、同じように創作したのが宮沢賢治であると指摘した。また、差別はなくならないという前提で差別に対応すべきこと、野に放っておくと限りなく野生化する人間を抑えるのが「タブー」であり、タブーを破ると不幸が訪れるとする、人間の編み出した規範を無視してはならない、と述べた。最後に赤坂氏は、インターネットの急速な普及により人間の欲望も規範も抑制できないとんでもない時代に突入している、と警鐘を鳴らした。

充実した数時間であった。人口三万人に満たない市の心の豊穣さを感じた。会場の外から眺められる山際はこころなしか、くっきりと映えて見えた。

何もない町・児玉

のっけから失礼な表現であるが、わけがある。昨年末に長谷川郁夫氏の『評伝 吉田健一』を店頭で見つけた。その場で求めた。帰ってすぐ読み始めた。力作である。吉田健一氏は当方にとっては飄然《ひょうぜん》たる大人の文学者というイメージがあり、出自の卑しい当方にとっては、古今東西の文物、芸術を収めた博物館のように思え、仰ぎ見る存在であった。

ティオペペなる飲みものがあると知ったのも氏の一文による。他者との交遊も、相手との間に行きすぎない間を保ち、その振る舞いが洗練という言葉で表現できる数少ない人物と受けとめていた。曽祖父の大久保利通以来、代々テロの標的となり得る大物政治家の家系の人であることも周知の通りである。

前おきが長くなったが、久しぶりに「或る田舎町の魅力」という文を再読した〈初出は一九五四（昭和二十九）年である〉。

何の用事もなしに旅に出るのが本当の旅だと前にも書いたことがある。折角用事がない旅に出掛けても、結局はひどく忙しい思いをさせて何にもならなくするのが名所旧跡である。……——中略——それで何もない町を前から探していた、と言うよりも、もしそんな場所があったら、と思っていて見つかったのが、八高線の児玉だった。

一読、猛烈と行きたくなった。かつては八王子のはずれで仕事をしていたこともあったのに、「八高線」という名詞は当方の脳内にまったく残っていなかったのである。まだ松の明けないある日、計画は実行された。なぜそんな日に、と聞き返す方はおられないと思うが、その日しか自由に時間を使える日がなかったのだ。吉田氏がこの文を書かれた頃は、八王子から二時間三十分以上かかり、列車も日に数えるほどしかなかったということであるが、その当時と比べれば、ほんの一時間四十五分程度の所要時間で、一時間に何本も電車が走っている。それでも当方の最寄り駅からだと待ち時間などを除いた実乗車だけでも三時間は要し、この平成の世においては、ちょっとした小旅行である。そして、こんなときに、飛行機だったら同じ時間でどこまで遠くへ行けるか、などという議論は野暮である。

電車の進行方向の右側に横田基地が臨める。当方としては予測しないことであった。二十三区内で漫然と生活していると、こういうことに対する反応も鈍くなってくるもの。あとで調べてみると、この基地は一九七二（昭和四十七）年に日米両政府が、首都圏の人口密集地にある、むっつの空軍基地を集約した機能を横田に移した、基地のある町であることを知る。当方に馴染《なじ》みのある名前を挙げると、この地域は大瀧詠一氏や村上龍氏などに象徴される日米の混じりあった、ある独特の文化も生み出しているわけで、別の機会に調べてみたいものである。吉田氏の旅の頃にも、八高線をアメリカの兵隊さんが利用している、という記述が見られる。

さらに電車の進行方向の森の奥に突然、立派な大学のキャンパスが出てきたり、寄《よ》居《い》の駅で東武東上線に出会ったら、その線路がいつの間にか遠ざかり、小川町の駅でまた出会うというよく分からない線路の走行に惑う。これは、孤高の「鉄」学博士、原武史氏の分類によると、「奇跡の再開型」に分類され、他では見られない貴重な線路の走行なのだ、ということを後日知った。

そして、あこがれの児玉に着いた。降りてみると（そもそも時節柄、開いている店は少ないのだが）、たしかに何もない。当時では映画館が三軒あったというが（家庭にテレビが普及する前の時代である）、その痕跡すら見つけられない。もっとも吉田氏滞在のあとに大火が発生して、町の様相自体が大きく変わってしまったということではあるが。

吉田氏は一度、児玉の高等学校から講演を頼まれ、本当は伊藤整氏と二人で講演する予定が、伊藤氏が直前に行けなくなり倍の時間話をして、講演料も沢山だったこと、まだ戦争で焼けなかった街並みが残っていて、そんなことを思い出して、また行ってみたくなったそうであるが、そのとき宿泊した田島旅館を探してみたかった。

児玉には宿屋が一つしかないが、これは田島旅館という、部屋が二、三十はある立派な旅館である。以前は無理して日帰りしたので、こんな旅館があることは知らなかった。三階立てで、三階の眺めのいい部屋に通され、それでまた、児玉という町の懐かしさが戻ってきた。樹齢百年以上と思われる銀杏の大木が目と鼻の先に聳《そび》え、見降ろす家並みのどの屋根も上質の瓦《かわら》で葺《ふ》いてあるのは、つまり昔の東京もこういう町だったのである。

街道沿いに三叉路《さんさろ》があり、そこを右折した先に田島屋を見つけた。吉田氏の説明にあるように戦前は将校演習などに利用されていたということで、随分大きな建物だろうと想像していたのだが、隣接する床屋さんのコンクリートの建物のほうが立派に見えた。往時と同じままなのかは不明だが、それでも木造三階立てで外側面の羽目を黒く塗った佇まいが、今となっては異彩を放つ。入り口のガラス張りの引き戸が、汚れひとつなく磨かれていたことが印象に残った。大銀杏も確認できなかった。吉田氏のファンとして、古くなり見劣りはしても往時を思い起こさせる建物として、永く残ってほしいと願う。でも本当にそう願うなら後日出直して泊めてもらうなり経済的な応援をすればいいのだろうが、一見の客というのは身勝手なもの。

帰路は東武線を利用して池袋経由で帰宅した。途中寄居を通過しているとき、以前この駅で降りて、池波正太郎氏の推す鮎の宿と枡形山《ますがたやま》の城を見に来たことがあったのを思い出した。なんだ、こんなふうにつながっているのだと、当方のこの地への認識がすこし進んだような気になった。えらそうにね。


実は、以上のことを書いてからさらに一年以上過ぎて書き足しているのだが、そのあとに知ったことを加える。

「鉄」学博士などとからかった原武史氏が、なんと当方の医学のほうの師匠の娘婿にあたることに気がついた。放送大学に移られて、本来の仕事の業績もとても高い方である。

横田も、相変わらず自分の日常から離れた他人事のような関心しかもっていなかったのだが二〇一七（平成二十九）年にはオスプレイCV22の飛行隊の基地が創設されるのだという。現在の嘉手納基地の機能が移転し在日米軍と米第五空軍の司令部の機能が強化されるのだ。お祭りの日に飛行機の写真を撮らせてもらったり、バーベキューをごちそうになって素直に喜ぶだけでいいのかどうか考えることは忘れてはならないだろう。

吉田氏の家系が敬意を抱く人物ばかりかというと、残念ながらそうとも言えず、自身の立場の持つ言葉の重みを十分に認識しているとは思えず、びっくりすることもある。「ある日気がついたら、ドイツのワイマール憲法がいつの間にかナチスの憲法に変わっていたんですよ。その手に学んだらどうかね」や「九十歳で老後心配、いつまで生きてるつもり」などの発言を繰り返している。

一九三三（昭和八）年、議会の多数決を利用して、政府に行政権ばかりでなく立法権も与える全権委任法がドイツで成立した。その歴史を軽く受け取るものではないと思うが、いかがなものか？

楽しい思い出を書こうとしたのだが、現実は楽しいことだけでは、ないようである。

歩いて五千歩

寄り合いの宴会旅行が、房州安房《あわ》鴨川《かもがわ》で催されることになり、ふだん酒食を伴う団体旅行が苦手な当方ではあるが、未踏の地（とはいっても、地虫のような生活を過ごしている当方にとって、※P<0.0001ぐらいに、未踏でない地のほうが圧倒的に少ない）鴨川見たさに参加した。

目的は、また、ないないづくしになるが、イルカでもなければ、大病院でもなく、お湯でもない。俳人の鈴木真砂女《まさじょ》さんの営んでいた旅館、吉田屋とその周辺を、この目で確かめたかったのである。

銀座一丁目（並木通りのドン詰まりと表現される方もおられるが）、そこの幸稲荷のところの路地にあった「卯波《うなみ》」という店を覚えておられる方もあろう。現在はお孫さんが近くで新しい店を営んでいる、と聞いたが。当方が真砂女さんの存在を知っていたのはやはり微少年の頃である。

真砂女さんは、房州鴨川に二百年以上続くといわれる旅館に生まれ、波乱の人生を送られた。丹羽文雄や瀬戸内晴美の小説のモデルになり（申し訳ないが両者とも当方未読）、晩年（八十七歳時）には銀座松屋の広告のモデルにもなられた。俳人としても蛇骨《だこつ》賞という名誉の賞もとられ、たとえば無骨な当方でもすうっと理解できる、

白桃に　人刺すごとく　刃を入れて　――や
羅《うすもの》や　細腰にして　不逞なり　――など

月並みな表現だけれど生々しい女の情念を、女性でないと表せないだろう句はいつになっても忘れられない。だが、一番有名な句は、テレビ番組などでも紹介された、

今生の　いまが倖せ　衣被《きぬかつぎ》

だろうか。

ご自分でも述べておられるが、生来「人なつっこいたち」で、「卯波」は俳人仲間だけでなく、千客万来の店だったようである。だが、他方感受性豊かで表現力に秀でた人間にありがちな、他者への配慮に欠けるような面もあったと、住まいも鴨川に置いた近藤啓太郎氏は述べておられる。

銀座で仕事をされていた半藤一利氏によると、昭和三十年代には、銀座には一丁目の幸稲荷から八丁目の金寿稲荷まで十一のお稲荷さんの祠があったとのことである。

往時（当方の微少年時）、今と同じで生活に役立たない方面の好奇心ばかりが旺盛で、お店に入ってみようと、店の前まで来たことが何回かあった。だが、新宿のゴールデン街や、まだ残っていた青線の建物二階だったら、隣の席に有名なエーガカントクがすわっていても歯牙にも欠けない当方であったが、「卯波」の敷居は高く、結局のれんを分けて店に入ることはできなかった。悔やまれるが甘く懐かしい思い出ではある。

また話がそれて青線（の建物の店）で思い出したが、何かの拍子に、そこらに出入りしていたと話して下さった方がいる。当方の学校の先輩にあたるO先生という方であるが、酒席でも少し深く話を聞いてみたかったのだが、「いや、それで」とか話を変えて聖人君子に戻られてしまった記憶も思い出した。すでに、次の世に移られてしまい、再びお話をすることもできなくなった。

時代は少し後になるのだけれど、馳星周氏の『不夜城』は、あの周辺の雰囲気をドキュメントにしたような秀作である。一読をおすすめしたい。

だいたいが、東京湾アクアラインなんてものも、初めて渡るイナカモノである。暗くなって宿に入ると息つく暇もなく、研修……というのか、酒、唄、踊りに流れていくのだが、当方早々に抜けさせていただいて早寝をきめこむ。多分こういうところで、協調性がないとかの評価を受けるのでしょうね。

翌朝一番、まだなんとなくアルコールの臭いが残る雑魚寝の部屋を抜け出し、晴れわたった海岸の通りを「吉田屋」目ざし歩きだす。人通りも少なく、肌に心地よい朝の散歩となる。「吉田屋」は立派な本館と背の高い別館のビルを有するホテルに様変わりしていた。訪れた時間が早すぎたようで、真砂女さんの資料などを集めた部屋は開いていなかったが、本館ロビーの向こうに広がる空が明るみ、荘厳な陽が昇る光景をたっぷり拝ませていただいた。

真砂女さんも、どこかで、海の夜明けは、素直に自分の小ささを再確認するとともに気をひきしめるものがある、と書いておられた記憶があるが、まさに同感。

帰路は海岸の堤防の上を歩いて宿泊の旅館へ戻る。この朝の散歩の歩数がおおむね五千歩強であった。短いが至福の時であった。ほんの半日でも時間を都合して、日常からちょっと離れることで、見知らぬ事物に触れ、今まで気づかなかったことを五感を通して楽しめることは、ほんとに嬉しいことである。そういえば銀座も目的なくぶらぶらすると五千歩くらいだったっけ。

お稲荷さんの路地の話から、また、はずれたことになるのだが、真砂女さんよりさらに遡った時代の銀座のイメージを味わうのに当方が忘れられない文を紹介したい。

灯火のつきはじめる頃、銀座尾張町の四辻で電車を降りると、夕方の澄みわたった空は、真直ぐな広い道路に遮られるものがないので、時々まんまるな月が見渡す建物の上に、少し黄ばんだ色をして、大きく浮かんでいるのを見ることがある。

※統計学の表現でいうと、ぶうっとぶぐらいに（ツバが飛んだらごめんなさい）、差が大きい。つまり、行ったところが少ない、ということを、意味ありげに説明したもの。

はじめての沖縄本島

数年前までは想像だにできなかった絶好の機会に恵まれた。沖縄を訪れることになった。と言ってもほんの二泊三日である。国内旅行ではあるが、何故海外旅行と言ってはいけないのか？　だってoverseasじゃんか。

当方のofficeを訪れるguestが時々世間話の延長で、「先生は今度の連休は、どこかハワイにでも？」と尋ねられる。当方の答えは、いつもワンパターン。「とんでもございません。手前ども、金もないけど、自由に動く時間もとれない。籠の鳥のようなもので、せいぜいが多摩川と大川の間の狭い地域を、ぶつぶつ言いながら徘徊するだけでございます」と返事をする。だいたいが、パスポートを携えない旅だと海外旅行と呼んではいけないのか、ええ？（免許証とカードくらいは携えているが）ぐちは、もうこのぐらいに抑えることにする。

飛行機の主翼の下に光る青い海が見える。小船が海面に軌跡を残しながら移動している。それだけの窓外の風景を眺めているだけでも、当方の心は高ぶってくるのである。空港から日本国最南端の鉄道（この表現でいいのだろうね?）ゆいレールに乗り換えても興奮は醒めやらず、足どりも軽やかに（本人の自覚としては、そうである）ホテルにチェックインする。

極めて短い旅だが、是非とも確認したい場所があった。普天間、辺野古、嘉手納そして旧コザ。やっと探してもらった観光タクシーで案内してもらう。そもそもレンタカーは時節柄、fully occupiedだし、未踏の地であれこれ移動を算段するなど、はじめて東京に来た人が、渋谷で電車を乗り換えて目的地へ移動しようと試みるのと同じくらい、無謀で体力を消耗する行為である。

車に乗ってみると、それほど長い時間も要さず、辺野古漁港まで連れていってもらい、おそるおそる車から降り（多分、事前情報過多症および情報咀嚼《そしゃく》障害を併発しているのだろう）周辺を歩いてみる。人影は少ない。もっとも、この昼ひなかにわざわざ外を出歩く理由もない。多分周辺の家の中から窓越しに、またこの好奇心の強いヤマトンチューが見物に来やがってと舌うちしてるのであろう。

そのあとキャンプシュワブへ入るゲート前、道の反対側の丘でシュプレヒコールをしている人たちのありさまを見る。連日同じ行動が継続されているこの状況を、身体の記憶としてとどめておくことが、その時点でできる当方の唯一のことである。運転手さんは、海岸博覧会は見に行かなくていいですか、と念のために尋ねてくれるのだが、当方は時間もないし、興味もないと答えると、「いろんなお客さんがいるからなぁ」という眼差しを一瞬感じた気がする。これは情報への思い入れ過多症なのかね。帰路、時間の都合で普天間には寄れず、はじめに旧コザの諸見百軒通りに車を止めてもらう。土曜の午後だが歩く人も少なく、これといった印象は受けなかった。

当方、一九九〇年代に、『地球の歩き方』というシリーズの出始めの前ぐらいの頃に親の金をくすねて、それこそoverseasの旅の折、フィリピン・マルコス政権時のスービック海軍基地を車で案内してもらった経験がある。往時のスービックは兵隊さんと店のお姉さんたちとが醸しだす活気を伴った独特のchaosの匂いに溢れていた覚えがある。それと較べれば、匂いは薄いという印象をもった。スービック基地は、その後、フィリピン国会が基地使用延長を迫る米国との批准を拒否。現在は経済特区として生まれ変わり、別の活気が満ちているらしい。

そのあと運転手さんは嘉手納の道の駅に案内してくれる。建物の屋上が展望台になっていて基地内が丸見えなのに驚いた。往時ベトナムへの爆撃の空軍の要衝だったところですぜ（今でも機能は同じはずだが）。高そうな双眼鏡で基地内を眺めている人が何人もいたが、誰も気にもとめない。

また横道にそれるが当方と同年代の同業の皆さんは、覚えておられることと思うが、医局に入局して間もない頃、官立、私立を問わず、職場の当直室には必ず、ゴルゴ13やあぶさん、のたり松太郎などの劇画が置いてあって、診療に疲れた（ことにしておこう）身は、ついついゴルゴ13に読みふけってしまったもので、そこで教育というか洗脳された知識は今でも抜け切らない。たとえば、自分の背後でハンドバッグを閉める音がしたら（そもそもカチンと閉まるハンドバッグ自体、最近あまり見かけないが）反射的に後蹴りをしなければならない……など。当方あの当時の軍事情報の入手法の知識しかないが、今はもう人工衛星とインターネットがあれば直視の軍事情報の重要性などなくなってきているのかもしれない。

翌日はテッテイテキに、おのぼりさんとなり、栄町市場、公設市場、国際通りなどを歩く。そもそもその日は半分以上雨模様であった。当方、ムカシから旅に出ると床屋に寄りたくなる習慣があり、国際通りから沖映通りに歩いていった先に床屋さんを見つけ、散髪してもらう。東京からわざわざ散髪に来てくれたと喜んでもくれたが、なんでもそこの息子さんも今、東京で修行中だそう。しかも店を手伝っている娘さんも、来週東京へ遊びに行く予定だと話してくれた。当方、ほんとに時代の移り変わりの感覚から離れて生きてきたのだと、地虫のような生活をしている自分が不憫に思えてならなかった。

こちらで覚えた言葉。ゴーヤは英語でbitter melonというのだそうで、いい語感だと思いますわ。本屋で『ぼくの那覇町放浪記』という本を見つけ、求める。なんとなく小林信彦氏の影響を感じるのだが、その土地への想いが伝わってくる。

そうそう、国際通りでかりゆしを一着求めた。東京である集まりに着ていったら「はでなアロハシャツ着て」と冷やかされたが、おっちゃん、アロハとちゃいますねんで。

またまた付け焼き刃の感想であるが、それでも、いかに未熟でも記録を残しておかないよりは数段ましである。これまでに沖縄出身の方々は仕事の上でおつきあいした、あるいは今回の旅で接触した方々にも、たしかに人懐こく、まろやかなホスピタリティを感じることが多い。だがそれは日本国内に限らず、国外を歩いていても、一歩観光コースをはずれたところでは、とても親しげに話しかけてきたり、ごちそうしてもらったり、という経験をしたことはある。それはおそらく「くに」あるいは「いえ」という概念がとおりいっぺんのビジネス社会あるいは管理国家で暮らしている場合よりは、まだ濃密に残っているところなら、どこにでもあるのではないかとは思う。だけれど、今度の短い旅でもなんとなく気分がほっとしていたのも事実である。

自分の理解を、少し過去に遡って整理したい。そもそも琉球王国が成立したのが一四二九（正長二）年。独立王国であったが、一八七九（明治十二）年、日本政府は廃藩置県の際、沖縄県設置を通達する（琉球処分）。一九四五（昭和二十）年の日米沖縄戦で県民の四分の一が死亡する。同年十二月「改正衆議院議員選挙法」が成立し、女性の国政参加が認められたが、沖縄県と北方四島は勅令で定め一九五二（昭和二十七）年のサンフランシスコ講和条約で、沖縄は正式に米国の施政下におかれ、日本の国政から切り離された。つまり、その間沖縄は日本憲法の適用が受けられなかった。一九九二（平成四）年に沖縄通達がなされたが、周知のとおり、必ずしも本土と同じ扱いは今に至るまで受けてはいない。

琉球新報の二〇一五（平成二十七）年十一月二十一日の社説では、パリの同時テロ後のフランスへ向けた首相の発言「フランスと共にある」を引き、だが「沖縄とは共にない」と日本政府を皮肉ったとのことであるが、政府が「これが唯一の解決策」をひんぱんに使うが、ほんとうに「唯一」なのかどうかは、常に議論し、検討していかなければならないことで、どんなに気の遠くなるような時間がかかっても、力の行使に頼ってはいけない。そのあとに残るのは、恨みだけである。

地理的な位置というのは永久に変えられない。たとえば町内のある家とうまくいかないからよそに引っ越すとか、その家を潰す、ということはできない。隣の家とは永久におつきあいしていかなければならない。隣の国を仮想敵国と見なすとしても、経済的に両者が離反できないことも事実であろう。

だが、そもそもの基地の計画に、強者の弱者に対する配慮がされていないことをどれだけ当方も含めて考えていたのだろうか。

もう一度ゆっくり旅してみたい。行けなかった島嶼《とうしょ》部にも行きたい。相変わらず当方の旅は、こういう「またこれもしたい」という未消化のものをもう一度確かめてみたいという願望ばかりに終わるのが残念です。

私の草枕

　空が澄み切った秋の週末、熊本に降りたった。学会に出席するためである。市の中心部で開催された学会会場にて開会のセッションを拝聴したあと、中断して、知人に案内され漱石の坪井旧居を拝観した。敷地面積一四三四平方メートル、広い庭を持ち、往時の五高の先生の待遇が偲ばれる。同所にて漱石先生の原稿用紙を求める。どうせ使いっこないのだが、先生への敬意と地域振興の一助となれば、の思いである。そういえば漱石の前任の英語の先生、小泉八雲の曾孫にあたる現在島根の大学の先生をしている方が、翌月に「草枕国際俳句大会」にて講演するという案内が置いてあった。しかもその方は成城大学で民俗学を勉強しておられた、とのことで何やら今回の旅に因縁づけられるのも楽しいことである。

　旧制五高の校舎も拝観する。このような歴史的な建造物が残っている町に佇んでいると、建売住宅が軒を並べる新興の造成地では感じられない凛《りん》とした空気が張りつめている気がする。そのあと金峰山の道を辿り、峠の茶屋にてひと休み。空気が乾いているためもあったのだろうが、この茶屋の塩むすびと含め煮は美味。日頃大型チェーン店のセロファンにくるまれ、いじましくきちんと型どられたものにばかり対面している身にはとても新鮮に感じる。

だが往時のみなさんは荷物は馬車に積んでいたとはいえ、この山塊を登り降りしていたのだから、健脚だったのですね。山を登りつめ、その反対側の風景が見え始めてくると、傾斜のついた山肌には一面蜜柑《みかん》の木が植えられ、樹々の合間から雲仙普賢岳《ふげんだけ》と有明海が遠くに眺望されるようになり、下り坂になる。奈良時代の僧、行基が雲仙に寺を創設し、山号を「温泉《うんぜん》」と名付けてから、いつの世にもどれだけたくさんの人が想いをこめてこの風景を眺めたことだろう。ガクがあるでしょう。ははは。

下りの斜面を下り切った辺りに「那古井《なこい》の宿」がある。「何だか廻廊のような所をしきりに引き廻されて、しまいに六畳ほどの小さな座敷へ入れられた」「同じ廊下とも階段ともつかぬ所を、何度も降りて、湯壺へ連れて行かれたときは、既に自分ながら、カンヴァスの中を往来しているような気がした」

と、書かれている原文を読んでいると、二階建てのような三階建てのようなよくわからない建物の構造が、例の風呂場の位置も含めて、現存しているその「宿」に入って歩いてみて得心がいった。

もともと明治二十三（一八九〇）年の第一回の衆議院選挙に熊本一区から選出された土地の有力者、那美さんのモデルの父親でもある方のゲストハウスとして使われていたという説明にも納得できた。

余談になるが、この地はまた、あの宮崎滔天《とうてん》の長男で、東大を出て弁護士になった宮崎龍介――「あの」ばかりで恐縮だが、大正天皇の従妹にあたる大正三美人のひとり、柳原白蓮と結ばれた――が生活していた地であるという案内が出ており、そちらのほうにも興味が増してくる。さらに後で知ったことだが那美さんのモデルのすぐ下の妹が滔天と結婚している。ということは、龍介氏は「那美さん」と縁戚関係があるということになるではないか！　しかも、後日談だが、当方が東京に戻ったら池袋で柳原白蓮の展覧会が開催されており……話がそれてしまうので、今回はここで中断する。

ということで、「桃源郷」に模せられた「那古井の里」の周辺を確認できた。

胸を張って言うことでもないが、当方この『草枕』を読了したことはなかった。学生時代、テキストに載ってたり、試験問題に出そうだ、というだけで義務的読書に人一倍重圧を感じ身体が受けつけなくなる、というセンサイな体質を保有しており、冒頭のあまりにも有名な「智に働けば角が立つ。情に棹《さお》させば流される。意地を通せば窮屈だ。とかくに人の世は住みにくい」という文が目に入っただけで、かちんかちんに緊張してしまうのだ。だが、当方に残された時間は無限ではない。読むとしたら「今でしょ」と気をとり直し、（駆け足ではあるが）はじめての通読に挑んだ。一読、その創造力、想像力に圧倒される。日英文の表現力、読解力だって図抜けているのに、漢詩の能力も凄い。当時の二松学舎で学び、五高では同僚の長尾雨山（この人はまた、岡倉天心とともに東京芸術学校の創設に尽力した人でもある）に磨かれたとのことだが、この時代辺りまでの人に備わった漢詩の素養にはとても歯がたつものではない。しかも漢字だけでなく、「感字」も駆使しているようだし、一字一句を自分の実力だけで咀嚼《そしゃく》しようとしたら全く前に進まない。鏡子夫人は「傍でみているとペンをとって原稿紙に向かえば、直ちに小説ができるといった具合で、脂が乗っていたどころの段じゃありません。書き損じなどというものは全くと言っていいほどなかったものです」と述懐されておられるし、「草枕」自体も一週間くらいで書き上げたとのことである。（相も変わらず、原稿紙をくちゃくちゃに丸めては、ぽいっとクズカゴに投げ入れ、紙資源の無駄な消費に寄与している当方としては、ちぢこまる一方である）

だが我流で乱暴だと言われそうだが、この作品に入りこむには一字一句を噛みしめずに、いっそソバをたぐってすするように、味覚、視覚、聴覚、触覚すべてを総動員しながらするすると飲みこむがよろしい。柄谷行人氏だってこう書いている。「われわれはたんに『草枕』の多彩に織られた文章の中に流れていけばよい。立ちどまってそれらの言葉が指示する意味を探すべきではない」――文系の人はうまいこと言うね――つまりこの小説が徹頭徹尾言葉で織りこまれたものであり、理屈をこねずそれを五感で感じとるべきものなのだ。

この小説自体、旅という現実から離れた状況として設定されており、別のたとえをすると次から次へ変転する舞台のようなものとして、一幕、一幕に驚嘆し、拍手を送ればよいのである。

たとえばどうだ、二段で長良の乙女の伝説にことよせて那古井のお嬢様の花嫁姿を浮かべて、「花の頃を超えてかしこし馬に嫁」と写生帖に書きつけ、そのイメージを「衣装も髪も馬も桜もはっきりと目に映じたが、花嫁の顔だけはどうしても思いつけなかった」と思索しているうち「ミレーのかいた、オフェリアの面影が忽然《こつぜん》と出てきて、高島田の下へすぽりとはまった」として、そのイメージを楊柳《ようりゅう》観音たる、那美さんの日本的オフェリア像へと写生帖をとおして現実を仙界へと収斂《しゅうれん》させていく。

六段、振り袖姿のすらりとした女の描写など、ただただ、歌舞伎の華やかな一幕を眺めているようで、感嘆のあまり声も出せない。

七段、風呂場のこのスケッチはどうだ！　長いけれど、ここで書かないとお読みになる機会は少ないだろうと推察して引用する。

頸筋《くびすじ》を軽く内輪に、双方から責めて、苦もなく肩の方へなだれ落ちた線が、豊かに、丸く折れて、流るる末は五本の指と分かれるのであろう。ふっくらと浮く二つの乳の下には、しばし引く波が、また滑らかに盛り返して下腹の張りを安らかに見せる。張る勢を後ろへ抜いて、勢の尽きるあたりから、分れた肉が平衡を保つために少し前に傾く。逆に受くる膝頭のこのたびは、立て直して、長きうねりの踵につく頃、平たき足が、凡ての葛藤を二枚の蹠に安々と始末する。世の中にこれほど錯雑した配合はない、これほど統一のある配合もない。これほど自然で、これほど柔らかで、これほど抵抗の少い、これほど苦にならぬ輪廓は決して見出せぬ。

どうだ！　画工をこの話の進行役にして、描写された女の美の姿である。月並みだが彫刻によって表現されたギリシャのビーナスの姿を漱石は文章の表現によって、彫刻、あるいは絵画に比肩する美を完成させているのである。那美さん、そして那美さんのモデルとされた女性は、こうして永遠の美の生命を得たのである。うらやましい限りである。

ちなみに那美さんと那古井の実像は、江藤淳氏の『漱石とその時代』や河内一郎氏の『漱石のマドンナ』に詳しく述べられているので確認されたい。

今さら何か新しいものが言えるわけでもありませんし、紀要に載せるようにきちんと引用を提示するわけでもありません。今回は今頃になってはじめて通読した感想を頭の中で整理するのが目的で書き留めました。

漱石は慶応三（一八六七）年（大政奉還の年である）江戸牛込に生を享け、翌年塩原家の養子に送り出された。成長の過程での実母への思いというものが作品形成に大きな影響を及ぼしているらしいのですが、今回はそこまで言及する余力はありません。

十二歳で府立第一中学（現在の都立日比谷高校の前身）に入学（明治の間は年号と漱石の年齢が一致）、十四歳で第一中学中退、漢学塾二松学舎に学び、十六歳には成立学舎で英語を学ぶ。二十一歳で第一高等学校中学本科に進み、英文学を専攻。この頃正岡子規と知り合い、同じ頃漢詩紀行文を執筆。その絵画的手法の才能の一部を知らしめています。二十三歳で帝国大学入学、二十六歳で帝国大学卒業、大学院に進む。詳しく書いているときりがないので、ここまでにします。

先の江藤氏は「江戸の武家文化と町人文化を形成する階層に生まれ育ちその感受性と倫理観を血肉のなかに継承していた」と述べているが、漱石はまさに根っからの江戸の感性を持ち続けた都市生活者で薩長主導の政府には根強い反感を抱いて成長してきたはずです。帝大時代には戸籍を北海道に移していますが、これは徴兵拒否の行動だそうです。いずれにしても往時というより日本の歴史を通してと言っても過言ではない、その最高の知性のひとりが育って来た背景は再び確認する必要を感じます。三浦雅士氏によると明治の時世、文章表現は洋学と漢学との間で十年毎くらいに主流が変化していたということです。漱石が両者に挟まれてこれからの日本の文章表現はどうあるべきかという問題に直面したというのは必然であろうし、その問題の先には文部省の第一回目の給費留学生に選ばれ、薩長主導の政府の期待を一身に負う形で当時の「先進国」の近代化を模す目的で派遣され、幾重にも屈折した要因を抱えていたことも想像にはかたくないでしょう。もともとその素因があったとしても、精神の変調を悪化させることになったのは必然の経過なのでしょう。「留学時代の神経衰弱」は漱石をして、「帰朝後の三年有半は、また不愉快の三年有半」なりと記されています。

一方、社会事象の面を組み入れた経過でみると、二十七歳のとき日清戦争が起こり、その翌年漱石は松山中学への転任、翌々年には熊本の第五高等学校へ転任（つまり松山には一年いただけ）、三年半の熊本での生活の後、前述のイギリス留学を命じられ、三十六歳で帰国。そして三十九歳で小説「坊ちゃん」を発表。五か月後に「草枕」を発表、そして月をおかないぐらいの速さで草枕三部作といわれる「二百十日」「野分」が発表されます。明治三十七（一九〇四）年に日露戦争が始まっていることも忘れてはなりません。西欧列強によるアジア植民地化から免れ、富国強兵で西欧に追いつけ追いこせ、という性急な近代化に成功はしたものの、と、最近取り沙汰されている「坂の上の雲歴史観」で論ぜられているまさにその時代です。「ともだちのともだちはともだち」ではないにしても松山時代子規を通じて秋山兄弟の活動も知らない、ということはなかったはずです。秋山兄弟に代表される方々をどのような思いでみていたのでしょうか。

これは当方の思いつきの強引な解釈ですが、バタ臭いミレーの女とは対照的な「開花した楊柳観音」に東洋的なオフェリアの像を呈示することで、近代化に陰りが見えてきた西欧とは異なる独自の固有の文化を模索する漱石の心の一面がのぞけるような気がするのですが。

漱石自身、「草枕」を天地開闢《かいびゃく》以来類のない小説、と周辺に話していたとのことですが、十九世紀西洋文学ばかりが真の文学であるとは限らない、という強い思い入れを当然持っていたのだろうと想像します。

それはそれとして、この小説の執筆された時期というのはいつなのでしょうか。既に明らかにされている事柄なのかもしれないのですが、発表の少し前に書き上げたとしたら、イギリス留学の大変な時期も挟んで七～八年、グーグルもない時代に「那古井」の細かな記憶が鮮明に維持できるものでしょうか。

今回は、はじめっから修学旅行だと逃げ腰なのですが、また、機会をあらためて現地調査が必要だと感じております。

追記

これを書き終えたあとで、書店で半藤一利氏の『老骨の悠々閑々』という本に目がとまり、のぞいてみたら、なんと「草枕」ことば散歩、という章があり、「感字」の謎が述べられていた。しかも「草枕」は漱石の三十九歳の時の作品で……とまで書かれていました。

半藤氏には諸手をあげて恭順の意を表します。いやはや無知丸出しで汗顔の至りであります。

付記

予期しなかったことではあるが、本稿が熊本地震前年のささやかな記録となれば幸いである。

飯田線

当方としては朝早く。どのくらい早いかというと、まだバスが動き始めるよりも前に、家を出て、駅まで走り、小田急に飛び乗り、新宿発のスーパーあずさ一号になんとか間にあった。時代遅れの人間であることは認める。今回はじめて、あの青春ポップス歌謡の曲で名前を覚えた、その列車に乗りこめたのである。

出発後次第に周囲の風景は明るさを増し、五十分後ぐらいには紅葉の始まった岩殿山が夜露に濡れて眼前に迫ってくる。その昔、あの山に単独登頂した覚えがある。日は昇り、日は沈む。笹子トンネルを抜けても車窓からの風景が突然開けてくるわけでもないが、次第に秋の朝の気をひきしめるような空が窓外に大きくなり韮崎《にらさき》付近から左に赤石山脈、右に八ヶ岳が大きな山容で迫ってくる。韮崎の駅前の建物に大村先生のノーベル賞を祝う垂れ幕が下がっており、いい時機に乗りあわせたものだと、ひとりにこにこする。十五分足らずで岡谷に着く。そうだ、何が目的でこの列車に乗ったか書き忘れていた。

鉄道旅行作家、宮脇俊三氏の経験なさった飯田線の旅を後追いしてみようと思い立ったのだ。いいなぁ、こんなゆったりとした旅ができて、と、ひたすら無影燈の下で青白い顔をして右往左往していた頃、あこがれていたのだ。そして苦節三十余年、やっと、すこーしの旅なら時間が工面できるようになったのだ。されど突然の呼び出しから解放されているわけではない。

岡谷駅は、朝の光る湖面のそばにあり、ホームにゴミひとつない、とても落ちついた駅である。ここで乗り換えるが飯田線はこの先の辰野から始まるのだそうだ。

宮脇氏の乗った車両は一九四〇（昭和十五）年、四一年に製造された「鉄道博物館の古典車両の雰囲気」だったのだが、さすがに現在の車両は清潔で明るい。飛行機の座席のように標示が横にＡＢＣＤとつけられ、（番号をつけるほどの必要性があるのかどうかわからないが）次の停車駅もデジタルで標示されている。乗り心地も往時と比べたら格段と改善されているのだろう。だが、岡谷からの乗客は一両に六、七人程度であった。ワンマンカーではなく若く凛凛《りり》しい車掌さん完備である。岡谷を発つと天竜川の源流を鉄橋で渡り、次が川岸、そして始発駅（というのか）辰野。当然ながら「杣人《そまびと》弁当」という駅弁売りの光景は見られない。現在飯田線全線に駅弁売りの光景は見られない。申し遅れたが、ＩＣ乗車券は使えないとのこと。辰野を出ると宮木、伊那新町それから羽場、そして沢、乗客がひとり乗った。次が伊那松島、駅員がいた。駅名の確認に集中していて気がつくのが遅れたのだが、線路の継ぎ目のがたがたごとごとの音が中央線とは異なってきていた。

伊那松島をすぎると、天竜川の河岸の河岸段丘が広がり、右に中央アルプスの経ヶ岳、左に赤石山脈が開けてくる。この景観は変わりようがない。この辺りから先代の二人組は集中力をきらして、ウォークマンで中島みゆきなどを聞き始めるのだが、当方は科学者の末席に連なるものとして、客観的な記録を続けなければならない。さらに木下、北殿。駅前に立派な造りの内科医院が見える。土地の名士なのだろうな多分。それから田畑、伊那北。飯田線に乗ってはじめて居酒屋のチェーン店が目に入る。伊那市。大きな町であるようだ。ここから高遠も近いのだと知る。ほんとに沿線のことを我ながら何も知らない乗客である。

さらに下島、沢渡《さわんど》、赤木、レールの音の「たたたったた」というリズムが身体に心地よく感じる。そして、宮田《みやだ》、ここで九分停車。駒ヶ根。小町屋《こまちや》、駅前にスペインバルの店がある。ふーん。伊那福岡、田切《たぎり》、これは宮脇氏の説明にあるのだが、天竜川の支流が、段丘を深く刻みながら天竜の本流へ流れおちていく。軽便鉄道として発足した伊那電気鉄道が、費用のかかる鉄橋の架設を避け、段丘の間を迂回しながら線路を建設したためなのだそうである。

さらに飯島、沿線の干し柿が目にとまる。うまそうなり。さらに伊那本郷、七久保、高遠原、このへんでも「田切」を見かけることができる。伊那田島。上片桐。伊那大島。ここで線路は今まで進行方向右側の山沿いを辿っていたのだが、ゆるやかに左施して天竜川のほうへ下っていく。この駅は南アルプスの登山口だそうで、タクシーが二台客待ちをしていた。そして下平《しもだいら》。市田。下市田。元善光寺、善光寺の発祥の地なのだろう。伊那上郷《かみさと》。桜町。そして飯田。当方の集中力も途切れてきた。科学者は一時お休みして、各駅停車の旅も飯田で途中下車することにする。

駅前は何の変哲もない光景であるが、高速バスの停留所が目に入る。鉄道が他地域との交通の第一手段ではもうないようであり、観光案内所でもらった時刻表の表紙にも「高速バス／ＪＲ線」と標示されている。まともな人は新宿から高速バスを利用して来るようなのだと知る。

中央通りからりんご並木の通りへ右折、すこし歩いて左折し、追手町小学校という歴史のありそうなところを右折し、突き当たりまで歩くと、突如建物が途切れて広々とした展望が開けた。断崖の下には天竜川の支流なのだろう、川が流れている。観光案内の説明どおり、ここは丘の上の町なのだ。

先の小学校のところに戻り右折するとこの辺りは飯田城の城内らしい。地図に目を通すと町名も、追手町、銀座、伝馬町、馬場町など古くからの町名が残り、道路も碁盤の目のように整備されている。一九四七（昭和二十二）年の大火のあとに造られたりんご並木と裏界線《りかいせん》が、新たな防火帯の機能と憩いの場としての機能を作っているという（観光案内をそのまま読んでいるようで気がひけるが）。和菓子の店も多く、現

小学校近くに佇む赤門

役の映画館も活動しているようである。寺院も多く、太宰春台、赤垣源蔵をはじめとするゆかりの方々の史跡も大事に守られているようである。

小江戸というより小小江戸という趣だが住んでいる方々がこれまでの歴史を大事にし、さらに後世に引き継いでいこうという様子がうかがえて、ほのぼのとしたものを感じる。

小学校の近くには、なんと赤門（正確には桜町御門というのだそうだが）が、かわいらしく佇んでいるのを見つける。無知な当方は赤門というのは、前田様の御屋敷のみに与えられた固有名詞とばかり思っていたが、このような自分の常識を覆すような発見は、うれしいものである。時の藩主が将軍家からどのような扱いを受けていたかが想像できる。

さらに歩いていくと、本丸の跡地に「柳田國男館」を見つける。一体何の御縁でしょうか。当方、意識して柳田にまつわる地を旅の目的に選んでいるわけではない。何でも奥さんの実家があり、五十二歳までこの地に本籍をおいていて、当地の方々と交流、調査を行っていたらしい。

空が、やや陰ってきた。もっとゆっくりしたいが、これ以上いると、居酒屋探しの旅になりそうである。本稿の趣旨を大きく逸脱することになりかねないので、断念。四時間弱の滞在だが、心が躍った。

駅に戻り、このあとは各駅停車ではなく、ワイドビュー伊那谷に乗り込む。ひとつの情報としてお伝えするが、今回勝手がわからず指定席を確保しておいたのだが、その心配は無用のようである。列車の窓外にはちょうど紅葉のはじまりが眺められ、目が安まる。

次の天竜峡に停車。観光の中心の駅である。ここで乗客が数十人乗り込んできたが、それでも車内の席には余裕があった。天竜峡をすぎると、景色も深山幽谷の風情を見せはじめるが、正直に言うと、トンネルも多く、風景を愛でるには気忙しい。もっと親切にアドバイスすると、進行方向A、Bの座席がRiver-View、C、Dの座席が雑木林View、値段は同じである。

次が温田《ぬくた》、深緑色の水面が樹々の合間に時々顔を出す。そして、平岡。切り立った崖と川の狭いところを縫いながら列車は進む。水量はそれほど多いとは感じない。そのあと五、〇六三メートルのトンネルに入り、水窪《みさくぼ》で地上に出る。あれま、ダムは過ぎてしまったらしい。時刻は十七時を回り、駅のそばの集合住宅のところの街灯がともり、夜汽車の寂しさを感じ始めるようになる。集合住宅の家の中のあかりは、ひとつも見えない。

そのあとは本格的な夜汽車の旅となる。温泉場もあったようだが通りすぎ、伊那と遠江の風情の違いも判別できるどころではない。

十八時三十分豊橋の駅に到着し、飯田線全線乗り切った。

少しうす暗いホームに降り、階段を上り切った前方を見ると、なんと我らが「成城石井」の売店の明りが、煌々《こうこう》と輝いていた。……すっかり目が醒めた。

追記

文を書きおえて、あとから気がつくことが出てくるのも何やら楽しいものだが、今回の経由地の岡谷から臨む諏訪湖に関して、牡蠣《かき》の養殖家でエッセイストの畠山重篤氏の文の中に、「太平洋のマリアナ諸島とルソン島に挟まれた海で育った鰻の幼生が諏訪湖まで遡ってやってくる」という記載がある。驚いた。もしそうならなんとしても、その長い旅を経た鰻を味わいに再び岡谷へ行かなければならない。また、新たな使命ができた。

お濠の内と外

千代田のお城にお招きいただく機会に恵まれない当方、それならばと、紅葉の頃の早朝自主的に坂下門前広場に並ぶ。行列と長居が「でえっきれえ」な当方を駆りたてたものは乾通り《いぬいどお》りの一般公開である。

拝観早々宮内庁を見て「あれま、テレビと同じだわ」と家人が声をあげる。だから一緒に行きたくないのだ。だがその声も掻き消されるほど多くの人たちが歓声をあげながら乾通り沿いの景観を楽しんでおられる。江戸の頃にも年に一度、町人御能というう催しがあり家主連が招かれたそうだが、ヒトの発想というのはそう変わるものではない。

途中、西桔橋で右折し東御苑に入る。本丸は明暦の大火で灰燼《かいじん》に帰したあとは天守閣は再建されず更地のままだが、予想よりは狭く感じた。本丸御殿跡も現在は整地されているが建物がないから逆に想像をふくらませる余地がある。意外なのは松之廊下が、すみの蓮池濠に寄ったほうに位置していたということ。夜の闇に覆われた頃に、この御殿跡に佇み、大手町や丸の内の方向の夜景を眺めてみたいものである。帰りは大手門から場外へ出る。往時はこの辺りは主人待ちの御者、籠、馬などが溢れていたのだろう。現在にたとえると、ホテルの講演会場の出口のようなものだったのかしらん。

それから少し経って、平川門がよく臨める建物に入る用ができた。＃7119（救急相談センター）のお手伝いのためである。経験された方はご存知だろうが、絶え間なく都内の至るところから問いあわせ、相談の電話が入る。ひとりひとりの訴える悩み、不安の多様性を実感する。大都市で暮らしていても急に起こる身体の不調にどう対処していいのかわからず孤立してしまいそうなとき、「相談できる相手」のいるこの施設の意義は小さいものではない。

相談の電話が途切れた折、相談員が隣席の人に「飛んだようだね」と話しかけているのが耳に入る。例の「人工衛星」と称するものが、今しがた打ち上げられたらしい。

席を立ち、二面ある窓の外の景色に見入る。とてもよく晴れ渡っており、その左側の窓の彼方の蒼空を飛び去ったらしい（見えるわけないが）。正面の窓外を見ると、お濠の周囲を色とりどりの運動着姿の善男善女が、ひきもきらずにジョギングを楽しんでいる。そこにはとても健康で平和な世界がある。

物事を想像する力とは、自身の持ちあわせている範囲内の経験と知識の量に規定されてしまうものであるが、窓下の門では元禄の頃、浅野内匠頭長矩が新橋の田村右京太夫邸へ護送され、正徳の頃には、六代家宣の正室と七代家継の生母との権力闘争が背景にあったという絵島事件が起こり、幾多の人が処罰されたという。往時の阿鼻叫喚をこの門は見据え続けていたのである。

正面の窓外の先には旧軍人会館があり、さらにその先には、当方の人格形成に大きく影響を与えたひとつ、ビートルズの公演の場所がある。左側の窓外には、三島由紀夫が事件の前日（だったか）お城を眺めていた、というホテルがあり、その近くにはなんと新たに温泉旅館ができるという。坂下門前の広場では一九四五（昭和二十）年八月十五日、一九四六（昭和二十一）年五月十九日のできごとがあった。

当方の頭の中で、皇居を見わたす視野の中で遠い過去から現在までに起きた諸事象、そしてその渦中にあった人々の想いなどが錯綜《さくそう》し、たとえが適切でないかもしれないが、風景がダリの絵のように、ぐにゃっと歪んで見えてくる。

当方も、自分の標榜科以外の科の受診が必要なのかもしれない。

このお濠を中心に東京は幾重の輪を拡げ、そして日本中にも無数の同心円輪を拡げているが、その内側は変わらず音もなく真空の実体として存在する。あらためて不思議な空間だと感じた。

抹香町

偶然、川崎長太郎没後三十年の催しが、小田原で開催されることに気付いた。川崎長太郎（以下川長と呼ぶ）、名前も聞いたことがない方のほうが多いであろう、の作品は最近文庫でも容易に入手できるようになった。いわゆる「私小説家」に分類されるようだ。作品が、学校などの推薦図書になることは「ありえねー」hipな作家である。

代表作は、なんといっても『抹香町』であろう、と偉そうに言う当方、実は、これと、当時の生活を描いた作品群と映画監督小津安二郎との関わりに触れた『裸木』をいつものように走り読みした程度なのだが、お許し願いたい。

とるもとりあえず「抹香町」の導入部を紹介させてほしい。

川上竹六も、既に五十歳であった。

父親は十五年前、母親の方は六年前に亡くなって居り、弟がひとりあるだけで、女房子供なしの独身者である。

このところ、十余年、屋根もぐるりもトタン一式の、吹き降りの日には、寝ている顔に、雨水のかかるような物置小屋に暮らし、いまだに、ビール箱を机代わりに、読んだり書いたりしている。終戦後の、出版インフレなどで、竹六のチビ筆も、彼一人の口すぎには、どうにかことかかぬ程度のものは稼げてきたようである。

当方の小さい頃、まだ残っていた井戸端会議、床屋政談と呼んでいたような周辺雑況を伝えることから伝播していた表現、伝達の方法が、テレビの普及で中央集権的な情報として、メディアから社会に伝わるようになり、受ける市民の側もテレビの視聴に参加することで民主主義に参加しているような気分になり、さらに昨今の速すぎるＳＮＳの普及で情報を伝達する方法ばかりか、情報を受け、処理して対応する方法も混沌として、進む先が見通せないのが現状だと当方は理解している。

だが、そんな流れから置き忘れられた生き方もあったことも事実である。そのひとつが川長の生き方であろうと思う。
その川長の紡ぎ出す世界は、露悪的に細部を絞りこんで書いていくことで、一転、新しい広い地平を拓いた作品を生み出した。大江健三郎氏は「細部は無惨でも色濃く書くことが俺の生き甲斐で、かつ死に甲斐だという覚悟の人はほかにない」と評している。

小田原の駅改札を出てすぐ前に、観光案内のボランティアの方々が何人かおられ、そのひとりの女性に「抹香町はどの辺りですか?」と尋ねてみたのだが、女性に尋ねる当方が少し配慮に欠けていたようで、かわりの年配の男性のほうへ当方をしむける。男性は「がいどまっぷ」を広げて、「こちらの通りに抹香町跡という路上標示があるのですが、それより先に行ったほうにお寺があり、その周辺が当時の中心部だったようです。抹香というのも線香が漂っているという意味だったらしいです」と教えて下さる。城下町らしく、区画整理が整っていて、歩いていて路上標示のところまでは分かりやすかったが、さらにその先の向かうと、車が入りにくい枝道のような区域に変化してくる。お寺のさらに先は、小さな川が流れていたり、一部暗渠《あんきょ》になったりしており、古い家屋も散見される。この辺りだろうと勝手に判断して散策する。人通りもない住宅街で、「とんとんとん、ここらは昔の抹香町ですか?」と尋ねるような、昨今目につくテレビ局のクルーを背にして「アポなし取材」とやらするような真似は当方、いたしません。あとで川長の文にあたってみると、

場末とは云え、家ごみの中へ散らばっているいかがわしい商売家が多くなるばかりとあっては、地元からも苦情が出ただろうし、町でもほっておけなくなった挙句が、かつての「新地」の先例踏んで、そこからものの半キロと離れていない田圃の中へ、私娼を置く家はすべて移転すべしとい命令が出たのである。田圃といっても、ふだん水がじくじく湧く湿地で、ろくすっぽ収穫もないばかりか、旧幕時代に罪人の首をはねた仕置場のあとでもあり、近所にはやたらと寺も多かった。

という記述がある。

国道の方へ出ると路傍に「江戸口見附跡」という標示があり、なるほど、町と周辺の境にあたるところなのだと納得した。
国道に沿って歩き青物町の信号を左折し、突き当たりの、今は石碑が建つ川長の物置小屋の跡に着く。生家はここで魚屋を営んでいて（以前の漁港にもほど近いらしい）箱根の旅館のお得意先などへ海産物を配達して生業をたてていたとのこと。物置小屋は総トタン仕様で、二十年以上住まい、原稿を書いていたのだが、たしかに夏はとてつもなく暑く、冬はとてつもなく凍てつきそうな配置である。神静民報という地元紙に当時のエピソードが紹介されている。

青物町からかまぼこ店が並ぶ通りを経由して海へ向かう途中、かつて小田原市の整備したトイレがあった。長太郎は毎日ここで顔を洗って用を足し、猿股などを洗濯していたため、周囲からは、このトイレは長太郎のために造ったんだとも言われていた。

現在でも野外生活者が、同じようなトイレの使い方をしているのを思い起こし、にが笑いしてしまうが、だからといって川長のゲージツの価値は損なわない、と強調したい。

小屋跡のすぐそばに西湘バイパスが刑務所の壁のように聳えている。設置されたトンネルを通り抜けると、相模湾の浜辺である。潮の香がし、波がきらめいて、波風が心地よい。夏場など川長はこの浜辺に置かれた船の上で寝ていたという。小屋とその外と、ほぼ渾然一体の生活だったようだ。

市民会館で催されたシンポジウムを聞きに行く。近くに有名な「だるま」という割烹がある。はじめて川長目当てに当地を訪れた方々は皆一様にその立派な建物におどろく。川長のイメージから貧相な店を想像して来るのだ。休日などバスが止まり、団体客が店に入っていったりして、当方はなんとなくこの店に入りそびれている。話は横にそれるが当方が何度か当地に寄った折に入るのは、遠縁にあたる小田原市民病院の先生に教えていただいた鰻の「柏又《かしまた》」である。こちらも趣のある良いお店。もちろん味も美味。

シンポジウムの内容に入るが、建築家の大室佑介氏は、小屋暮らしというと、ヘンリー・ソロー、ル・コルビジェ、立原道造、鴨長明などの名前が思いつくが、それらの小屋は人間が住むための小屋であるのに対し、川長の小屋は既に庭先にあった物置であり、そこはモノのための場所であり、住む、ではなく棲む場所であったこと。川長の作品も実際にあったことをそのまま書いているようでいて、少しずれた非現実の間をさまようような面があり、そのぶれを認識すべきであることを指摘する。

建築家の青木淳氏は、川長が毎日散歩していたことを挙げ、実は小屋も彼の散歩のルートのひとつとも考えられる。小屋か外界から身を守る、というよりは、外界の夏の暑さ冬の寒さを増幅させる役割をもっていたのではないかと指摘し、身を守る避難の場というより、避難の中で最もみすぼらしい片隅（バシュラール）に自分の意志で身を置いていたのではないか、という。

平出隆氏は、河出書房新社に勤めていた時代六年間担当の編集者をしていた経験を語り、喧伝されているイメージとは異なり、来訪すると、よく来てくれた、と「だるま」に連れていかれ、ビールでもてなしてくれ、外から訪れた人間には決して代金を払わせなかったというエピソードを教えてくれる。「あの世からこの世を見る目で書きたい」と話していたという。

平出氏はまた、もし小田原に天使がいたとしたら、それは川長でないか、という話を始めた。

「ええ？　天使？」まったく予期しない言葉。しかも当方の日常にはまったく縁のない言葉が出てきて、戸惑う。キャラメル？　違う！　天使の誘惑（歌謡曲、焼酎）？　違う！　エンゼルケア？　違う！　違う！　そんなわけない。

平出氏は、川長はパウル・クレーの描く、不完全な天使ではないかと話を持ち出した。あのベンヤミンがファシズム下のドイツで、常に手元に置いていたという天使の版画のことだと。説明を聞いていて、やっと近頃絶えて使っていなかった当方のすでにスカスカである脳の記憶領域、大半を占めているのは現世欲に関する記憶であるが、その底のほうに痕跡程度に残っていた記憶が、少しずつ浮かんできた。

天使

天使という言葉が、予期しない形で出てきて面くらった。そして生かじりの理解ながら自分の記憶の底に埋もれていた。パウル・クレー、ヴァルター・ベンヤミンと天使の経過を整理しておきたい。

パウル・クレーは一八七九（明治十二）年、ベルンの音楽教師の家に生まれる。彼の絵はそれまでの表現派などとは全く異なる作風で、もちろん当方に説明する能力はない。テオドール・ドイブラーの証言〈一九一六（大正五）年〉を引用する。

クレーが生み出すものすべては全能なる人間の芸術と呼ばれなければならない。見掛けの単純さの向こうにはこのうえない技巧の洗練と伝統に関する深い認識がある。端的にいって、芸術家の途方もない技量の冴えの精華がそこにはある。

生涯に九千点にも及ぶ作品を生み出し、いわゆる「天使」は五十点以上描かれている。アンドレ・ブルトンがクレーをシュルレアリスム派に分類しているのだが、区分けされるより生きのびる世過ぎのほうが大事で、本人はどうとでも好きなように解釈して下さい、といった対応をしていたようである。

第一次世界大戦で深い傷を負った反省から一九一九（大正八）年に生まれた通称ワイマール共和国と呼ばれる新生ドイツにおいて、そのワイマールの地に設立された州立のバウハウスという、絵画、彫刻、デザイン、建築などを総合する目的で作られた工芸学校にマイスターとして招かれ、一九二一（大正十）年より授業を開始。カンディンスキーなどとも親交をもったが、ナチスの台頭とともに表現に強い圧力を受け、一九三〇年同校を辞する。一九三三（昭和八）年、ドイツはワイマール憲法の規定を乱用したナチ党のヒトラーを合法的に首相として選任。同年クレーはスイスに亡命する。晩年強皮症に冒され、一九四〇（昭和十五）年逝去する。一連の天使シリーズの版画は最晩年まで淡々と書きつづけられた。

今更ながら辞書をひもといてみると、天使とは、天の神の使者として天界から人間界につかわされるという使者、と説明されている（三省堂国語辞典）。
だがクレーの天使はキリスト教の天使像とは必ずしも重ならないのだろう。非のうちどころのない天使ではなく不完全な天使を描き、絶対を装うものにはクレーは拒否の姿勢を貫いたようである。
今回資料をあたっていてはじめて名を知った宮下誠氏という二〇〇九（平成二十一）年にわずか四十七歳で急逝されたクレー研究者の文を紹介したい。

クレーは「死」を懼れていなかったと言えば嘘になるかも知れないが、少なくとも泰然と、そして粛々と「自己の死」について考察を巡らし、ユーモアさえ忘れず、最期の最期まで、いわば「拳一つ分の余裕」を忘れはしなかった。凄まじい自己抑制であり、心には激しい風が吹き荒れていたと思う。しかしそれを超越してこその天使である。

クレーの天使はわたしたちが考えているより遥かに思慮深く、屈折しており、底意地が悪く、そして清浄であり、絶望的なまでに無垢《むく》である。

そのクレーの版画「新しき天使」をヴァルター・ベンヤミンは一九二一年に求め、同名の文学批評雑誌発刊も計画していた。いつも身近に置いていたという。

ヴァルター・ベンヤミンは一八九二（明治二十五）年にベルリンの裕福なユダヤ人の家に生まれる。一九二一年、前述のクレーの版画を求める。ブレヒトやハンナ・アーレントとも深い親交をもっていた。一九三三年ヒトラー政権確立によりパリへと亡命。どこにも安住の地はなく、一九四〇年、ドイツ軍に追われ、国境を越えてスペインに入り、リスボンからアメリカへ渡ろうとしていたが、バルセロナ近郊の港町、ポルー・ボウにて入国を拒否され服毒自殺を遂げる。

ベンヤミンの紹介も当方の手に負えることではない。

村上貴夫氏の文の一部を引用させていただく。

彼は、今世紀の中部ヨーロッパが経験した未曾有の没落と破局を個人的にも最も深く体験することによって、その絶望のなかから自らの思想を紡ぎ出していった。

この意味では、彼の生涯と思想は決定的に悲劇的なものである。

ひとつの家族が没落し、ひとつの階級が没落し、ひとつの文明が没落する過程から、ベンヤミンは自らの思想をかたちづくった。時間の流れとともに失われていくものに対する彼の眼差しが痛切であればあるほど、彼によって書きとめられたことがらは、限りなく美しいものとなった。彼のすべての著作のうちには、かつての幼少時の、いつ果てるとも知れぬ長い午後の、木漏れ日のなかの風景のようなものがかすかに揺らめいており、記憶のなかのこの風景に対する焼けるような愛惜の感情が流れている。ベンヤミンの著作が、その恐るべき難解さにもかかわらず、読者の琴線に触れるものをもち、偏愛的な読者をもつのは、彼の思想のこのような性格のためである。この点から言えば、現代日本の作家で、ベンヤミンの感性と響き合う感性をもった作家として思い浮かぶのは、江戸川乱歩、稲垣足穂、三島由紀夫といった作家たちである。彼らもまた、戦争によって失われたかつての古きよき世界への郷愁を自らの文学の基礎に置いていた作家であった。

ベンヤミンの文章は訳文で読んでも（当方には）難解なのであるが、彼が確立させたという「アウラ」という哲学用語概念はおそらく村上氏の文の傍線（傍線筆者）の部分にあたるのだと思う。その人の失った固有の記憶を現在に引き寄せることは、一度だけのものであり決して複製のものでは得られないことだというように理解しているのだが、それ以上の説明は今の当方にはやや手に余る。

そしてこれも、よく引用されるベンヤミン自身の「新しき天使」に捧げる文（野村修訳）も紹介させていただきたい。

「新しき天使」と題されるクレーの絵がある。それにはひとりの天使が描かれており、天使は、かれが凝視している何ものかから、いまにも遠ざかろうとしているところのように見える。かれの眼は大きく見ひらかれていて、口はひらき、翼は拡げられている。歴史の天使はこのような様子であるに違いない。かれは顔を過去に向けている。ぼくらであれば事件の連鎖を眺めるところに、かれはただカタストローフのみを見る。そのカタストローフは、やすみなく廃虚の上に廃虚を積みかさねて、

パウル・クレー『新しき天使』

それをかれの鼻っさきへつきつけてくるのだ。たぶんかれはそこに滞留して、死者たちを目覚めさせ、破壊されたものを寄せあつめて組みたてたいのだろうが、しかし楽園から吹いてくる強風がかれの翼にはらまれるばかりか、その風のいきおいがはげしいので、かれはもう翼を閉じることができない。強風は天使を、かれが背中を向けている未来のほうへ、不可抗的に運んでゆく。その一方ではかれの眼前の廃虚の山が、天に届くばかりに高くなる。ぼくらが進歩と呼ぶものは、この強風なのだ。

まさか、川長から、クレー、ベンヤミンに視点が移っていくとは自分でも予想だにしていなかったが、それが「旅」の面白さなのさ、と強がりを言わせてもらう。

ただ、今になって思うと平出氏は「新しき天使」だけにこだわったのではなく、不完全な天使全体を伝えたかったのかもしれない。

当方も、「進歩」と呼ばれる楽園から吹いてくる強い風に、この老い衰えた身を吹きとばされないよう余生を送りたいものである。

川長のその後であるが、知っている人は知っていることだが（あたり前だね）、六十一歳のときに三十歳ほども年の離れた女性と結婚、それを期に小屋から出て新婚生活を始め、連日のように通いつめた「だるま」にもぷつんと顔を出さなくなったそうです。しあわせに暮らしましたとさ、めでたし、めでたし、なのだがさらに追うと六十六歳時、軽い脳出血を起こすもリハビリで回復。八十歳時、芸術選奨文部大臣賞を受賞、八十二歳時、脳梗塞を発症、八十三歳にて永眠される。

これは蛇足であるが、エキガク的な見地から考えて、幼少時代から魚主体の食事をしていて――当方の貧しい学生時代、当時の友人で親類の魚屋に下宿していた人がいて、「いつも魚が食べられていいね」と当方が聞いてみたら「一度でいいからコロッケやトンカツを食べてみたい」とその友人がぼやいていたことを思い出してしまった。人、それぞれの立場で見えない苦労があるものだ、と微少年Aは学習したのであった。――六十代までほぼ毎日のように「だるま」のちらしを食し、適当な散歩もし、結婚後もおそらく魚中心の食事を続けていた川長氏の脳出血脳梗塞の発症予防に対する効果の評価はいかがなものなのだろうか？　そういう食事だったから三十年前の平均余命からみたら、長生きできたと考えるべきなのか。考えはじめたら夜も眠れない。

追記

川長氏が脳卒中になってしまった理由について、脱稿間際になって、徳島大学の「油博士」佐田政隆先生の話から貴重な示唆をいただいた。

ご存知のように、デンマーク本土の人たちと、魚を多く食べるグリーンランドの人たちとでは心筋梗塞などの発生に明らかな差があって、これが魚類に多く含まれるＥＰＡなどが身体に良いとされる説になったのだが、実は脳卒中の発生には大きな差はなかった（それでもグリーンランドの人たちのほうが少なかったのだが）。それはなぜか、というと、佐田先生はグリーンランドの人たちは魚は食べるが、ビタミンＣなどを多く含む生野菜を充分に食べてなく、その辺りに原因があるのではないかと教えて下さった。

うーん。川長氏の野菜等摂取歴についても、詳細な調査が必要になりそうだ。また新たな悩みを抱えてしまった。

それにつけても、生涯教育は大事である。

品川心中

岩本素白《そはく》という名前をご存知であろうか。はずかしながら、当方もその一連の文章を知ってからそれほどの年月は経ていないのに、にわか物知り顔をしている。ともあれ、そのひとつ、『東海道品川宿』の導入部を、まず紹介させていただきたい。

武蔵野の末を細々と流れて来た野川の水が、目黒村を過ぎ大崎村を通って東の海に注ぐ所に、昔の東海道品川宿があった。浮世絵師の好んで描いた高輪の海、八ツ山の丘、その頃は海も蒼く丘も茂っていて、早立ちの旅人は爽やかな朝の光の中を、いよいよここから江戸を離れて東海道にかかる。宿場の入口は多くだらだら域になっているものだが、この宿も八ツ山から下りになっている入口を俗に「坂」と呼んでいた。明治になっても、「坂」にはまだ何軒かの引手茶屋が残っていた。紙で張った細長い意気な形をした軒行燈の、白々と残っている暁、西へ向う遊子はここで先ず最初の旅愁に似たものを感じたであろう。

と、全文そのまま記してしまえば、何も付け加える必要がないのだが、それでは何のためにこの小文を書いているのかわからなくなってしまう。

そもそも当方、ほんの少し前までＪＲの品川駅は新幹線乗り換えなどに利用するか、高輪方面の旧皇族の住まいあとに建てられたホテル群に向かう以外に利用したことがなかった。（これに関連しているので、また横道にそれるが、いまはもうけちょんけちょんの猪瀬直樹氏だが、その著書『ミカドの肖像』などは評価していただきたい）そもそも京浜急行の品川駅の辺りが旧品川宿のいちばんはずれで、すぐそこまでザブザブ波が押し寄せていたということにも気がつかなかった。

素白は、この他にも「素湯のような話」……このご時世、町を歩いてのどが渇いてきても、チェーン店のコーヒーやら、ぜいたくな果物ジュースを高い金を払って求めなければならない。汗したとき、おなかにやさしい素湯など得られないかも、とお嘆きの貴兄にも是非一読をおすすめしますぜ。……などの作品群がある。

ということで、ある日旅に出た（どんなに近かろうが本人にとって未踏の地へおもむきその地で心ときめくことを経験できれば、それは旅なのである）。勝手が分からず、北品川まで京急に乗り、そこで降りて旧東海道へ出る。ＪＲ品川から歩いてもたいした距離でもなかった。品川方面へすこし戻って、八ツ山橋に出る。そしてここが初代ゴジラ上陸の地でもあると知る。

先日、たまたま乗ったタクシーの運ちゃん（絶対に乗務員などと表現してはならない！）が、最近次から次へと都心のビルが壊され、あっという間に高層ビルに建て替えられていることに触れ、「お客さん、私らの世代のゴジラって、とっても大きいというイメージだったでしょ。ところがそのゴジラ、身長五十メートルくらいで、最近見た動画では、新しい高層ビルのそばに立たされ、ちっちゃくてかわいそうでした」と、問わず語りをしてくれた。こういう話に人の世の無常を感じとり、さらには、スクラップ・アンド・ビルド、これが東京の内需の実態なのだと察知することが大事なのである。

で、その八ツ山橋から入った「歩行新宿」を散策し、本宿、本陣のあった付近まで辿りつく。この辺までが「北品川宿」と称されるらしい。その先の目黒川を渡ると、「南品川宿」と呼ばれるそうで、その道を、さらに品川寺まで「歩行」を続けた。八ツ山にしても旧東海道にしても、江戸時代の地形、道筋、橋の位置などが大むねそのまま維持されているので、往時を想像しやすく、修学旅行にはもってこいの地である。

そろそろ、引きずりたがっている当方の足へ「あとでおいしいものたべにいこうね」となだめ、目黒川沿いに戻る。整備された気持ちよい小道に沿って現在の新馬場駅付近に出る。寺社が多く、比較的低い町並みに、保健センター、医師会、それに図書館の入ったビルなどが平成の御世に誇らしげに建っている。図書館の入ったビルの地も、以前は薩摩藩の下屋敷だったとのこと。往時は品川は各藩の大使館町としての機能も占めていたらしい。目黒川に沿ってその上、下流に目をやる、浮世絵の題材にもなっている風景である。

もいちど素白を引用させてほしい。

南北品川の境の小さな橋を渡って、少し行くと西へ曲る横丁がある。それが南馬ン場で、むやみと寺の多い町である。明治中期頃はこの横丁のはずれがもう東海寺田圃で、田圃に沿って南へ、今の大井町駅の方へ一と筋道の東側を、俗に新長屋と言った。その辺りが昔の「溜め」で特殊な人々の住んでいた所らしい。

その新長屋から遠くない所に、熊野神社と海蔵寺があり、年寄りなどが「おこもの門前、死に長屋、粥雑炊寺」などと陰でよんでいたようで、おこもというのは乞食が菰を着て歩いたこと、死に長屋は字のとおり、粥雑炊寺というのは、昔の江戸っ子や古い東京人はあまりこれを食べず、病人や乞食の食べる物と思っていた、ということだそう。その位陰気な場所であったとのこと。更に、近くに「投げこみ寺」があったらしい。それと海蔵寺は別のものと思うのだが、乞食や行き倒れなどの無縁仏をただ深い穴の中に次々に放り込んで、ただ仮の屋根のようなもので覆ったものだという。

ここまでも素白の記述をまとめただけだが、さらにもう一度だけ引用させてほしい。

大方の人の好み求めるところは、結局名と利との二つに帰する。飲食の欲と男女の欲とは、人間生まれながらのものだと昔の人は言っているが、この二つを除いては、人は皆名と利とを求める。そうして世間はこの二つを得た者を優れた人、賢い者と呼ぶ。東洋の教えのなかには、人は愚かになれということを強く主張しているものがあるが、さて人間、利口らしくなり得るが、愚かにはなり得ないものである。

海蔵寺は、有名な三ノ輪の浄閑寺《じょうかんじ》のような遊女専門の投げこみ寺ではなく、前述の溜牢《ためろう》の獄死者の、その中には鈴ヶ森の処刑者の首も含まれるだろう霊を弔うことだったのだろうが、東海道の一番目の品川宿に集まった人たちの供養と、流されて品川に辿りついた死者の霊を弔うなど無縁仏一切供養いたしたという性格を帯びてきたようである。一六九一（元禄四）年から一八六九（明治二）年の百七十五年間で七万人余りが葬られたとされる。今回訪れた寺は、それほど広い敷地ではないのだが、その寺域に並ぶ供養塔は、

① 元禄時代非人溜髑髏塚
② 江戸時代首塚
③ 品川宿遊郭娼妓之霊
④ 品川京浜電鉄轢死者之霊
⑤ 品川海岸溺死者之霊
⑥ 品川行路横死者之霊
⑦ 関東大震災横死者之霊

が、確認できた。文献では一八六五（慶応元）年建立の津波溺死者之霊もある、とされているのだが⑤に一括されたのかしらん。

享楽と死とは常に日常に隣あわせしているものであり、その行為の代価は軽くて安っぽいものなのである。

落語の「品川心中」というお題を実際聞いたことはなくとも、名前は知っておられると思う。

品川新宿の白木屋という廓にお染という女がいて、金にこまって死のうと考えたが、どうせなら艶っぽく心中という形をとりたいと考え、相方として死んでも誰にも迷惑のかからない貸本屋の金蔵を選ぶ。金蔵は色男気分ですっかりその気になり、生涯最後の宴とばかり飲み食いして寝入ってしまうが、夜中に起こされ、裏手の海岸からお染に突きおとされる。続いてお染も飛びこもうとするが、そのとき、なじみの客が金をもってきたので、お染はそのまま引き返す。一方海に放り込まれた金蔵はあわてて溺れかけたが、落ち着いてみれば品川の海は遠浅で足が立つ。ということで八ツ山橋付近から上陸し、芝の親分宅へ身を寄せる、という筋である。不思議な御縁で、品川心中とゴジラの接点が見えてきた。ゴジラに関してもいずれ感想めいたものを書いてみたい。

実は「品川心中」はここまでが第一話で第二話もあるのだが、お染はそのあと別の相方と凄惨な心中を遂げたらしい。

お染も海蔵寺に葬られたのかもしれない。霊安らかなることを祈る。

「品川心中」で今簡単に入手できるのは五代目小さんと談志の録音で、小さんは第一

郵便はがき

料金受取人払郵便

新宿局承認

4946

差出有効期間
平成31年7月
31日まで
（切手不要）

1608791

843

東京都新宿区新宿1－10－1

（株）文芸社

愛読者カード係 行

お名前《ふりがな》		明治 大正 昭和 平成 年生 歳
ご住所《ふりがな》	□□□-□□□□	性別 男・女
お電話番号	（書籍ご注文の際に必要です）	ご職業
E-mail		
ご購読雑誌（複数可）		ご購読新聞 新聞

最近読んでおもしろかった本や今後、とりあげてほしいテーマをお教えください。

ご自分の研究成果や経験、お考え等を出版してみたいというお気持ちはありますか。

ある　ない　内容・テーマ（　　　）

現在完成した作品をお持ちですか。

ある　ない　ジャンル・原稿量（　　　）

書　名					
お買上 書　店	都道 府県	市区 郡	書店名		書店
			ご購入日	年　　月　　日	

本書をどこでお知りになりましたか?
1.書店店頭　2.知人にすすめられて　3.インターネット(サイト名　　　　)
4.DMハガキ　5.広告、記事を見て(新聞、雑誌名　　　　)

上の質問に関連して、ご購入の決め手となったのは?
1.タイトル　2.著者　3.内容　4.カバーデザイン　5.帯
その他ご自由にお書きください。
(　　　　)

本書についてのご意見、ご感想をお聞かせください。
①内容について

②カバー、タイトル、帯について

弊社Webサイトからもご意見、ご感想をお寄せいただけます。

ご協力ありがとうございました。
※お寄せいただいたご意見、ご感想は新聞広告等で匿名にて使わせていただくことがあります。
※お客様の個人情報は、小社からの連絡のみに使用します。社外に提供することは一切ありません。

■書籍のご注文は、お近くの書店または、ブックサービス(☎0120-29-9625)、セブンネットショッピング(http://7net.omni7.jp/)にお申し込み下さい。

話だけであり談志は第二話まで話しているのだが、次の心中までには触れないおちになっていた。そのとおりに話すと滅入ってしまうのだろう。

また横道にそれるが、当方一度だけ談志氏と裸のおつきあいをしたことがある。その頃の職場は、ほぼ泊まり込みのことが多く、当時京王プラザに（何階だったか覚えていない）は、サウナと床屋が入っており、時々自分のごほうびにサウナを利用していたのだが、ある時、隣のカランに談志氏がいたのである。それだけのことであるが、当方にとっては忘れられない思い出である。残念ながら高座で聞く時間の余裕は当時はなかった。

付記

棒になった当方の足には、京浜急行蒲田駅近くで羽根餃子とビールを振る舞ってあげました。

そして　シン・ゴジラ

その広い部屋の隅のほうの窓からは辛うじて、東京駅の一部が確認できた。だがその反対方向の面は天井から床まで一面のガラス張りでお濠が望めるようになっていた。意図した設計なのかどうかは不明だが。

同業者の食事会が丸ビルの上で催されるという案内を受け、一も二もなく参加した。もちろん、料理目あてではなく先日観た、「シン・ゴジラ」のヤシオリ作戦の最終舞台をこの目で確かめたかったのである。

何となく何かあるかもしれないという予感がして、「シン・ゴジラ」を観に行った。自慢ではないが最近は御優待割引が使える身である。若人よ、耐えていればいつかちょっとだけいいこともあるからね、ははは。観終えて、充分楽しめた。正規料金を払ってもいいくらいの満足感であった（払う意志は毛頭ないが）。そして一言何か、コメントを発したくなる映画は、当方には久しぶりであった。他の識者の方々にも、今の総理大臣と初代ゴジラの生年が同じことをひき合いに出しながら、現今の政治体制について意見を述べる方もいれば、元防衛大臣のように緊急時の法解釈について意見を述べたり、同じ年に蔵前国技館が完成じ、その三十年の歴史をゴジラに結びつけ述べる方もおられるし、百家争鳴というのではないのだろうけれど、それぞれの立場や性格が感じられ、読んでいて楽しくなってくる。当方も、よくない頭なりに、感想を整理してみたい。

初代ゴジラ（以下G－1）からシン・ゴジラ（以下S－G）に至る、時間軸の設定と歴史的事実の解釈は、それこそ、ネタバレ注意、加藤典洋氏に影響を受けていることを白状する。

まず一九四五（昭和二十）年三月十日の東京大空襲、そして一九五四（昭和二十九）年三月一日、米国のビキニ水爆実験事故、そしてこの事故で目醒めた大きな怪獣（G－1）が東京を襲う。上陸後のG－1のコースは、東京大空襲のルートをそのまま辿っているとのこと。そして映画ではこの年に発足した自衛隊が画面いっぱいの軍事行動を起こす。国会では、情報公開を渋る職員、公開せよと迫る議員の怒号が響く。現実には、この年改憲と再軍備を訴える鳩山内閣が発足する。

そして二〇一一（平成二十三）年三月十一日、福島に巨大原発事故が起こる。

映画では六十年前から各国が投棄した大量の放射性廃棄物が深海に残され、それを糧としてS－Gは放射能耐性をもつ巨大生物として何の因果か東京湾に出現、蒲田（呑川）に上陸し、幼生から変態し、蛇行と後脚で移動し、品川に達したところで陸上生物に特化した第三形態へと変態を遂げる。京急北品川駅を破壊したあと京浜運河から東京湾へと去る。

間をおいてS－Gは再び相模湾に二足歩行の恐竜型の第四形態となり出現。稲村ヶ崎から再上陸する。首相は多摩川を絶対防衛戦と定め、自衛隊によるタバ作戦を開始、展開するが、S－Gは多摩川を超え東京都内に入る。タバ作戦は失敗した。

政府は日米安保条約に基づく駆除協力を米軍に要請する。米軍の戦略爆撃機による攻撃が開始されるが、傷つけられたゴジラはこの時点から熱線を放射、爆撃機は墜落し、官庁街も炎に包まれ、首相以下の閣僚も多くが死亡する。発光がおさまったS－

Gは東京駅構内で活動を停止する。

国連の名のもとに米軍は多国籍軍による熱核攻撃を提案。首相臨時代理はこれを容認する。生き残っていた官房副長官らは、血液凝固剤投与によるヤシオリ作戦を提案、S－Gの活動再開までのタイムリミット、三六〇〇時間までの活動が行われていく。

東京駅も丸ビルも、ぼこぼこになるが、その丸の内でS－Gは凍結される。だが最後のシーンで、S－Gは決して消滅したのではなく、日本人は、これからも時間をかけてS－Gと戦っていくしかない、という発言が登場人物からなされる。

放射性廃棄物の投棄は米国の水爆実験事故、そして、東京湾に上陸したS－Gは三・一一の大地震と福島の巨大原発事故に対する、人間の恐れのメタファーであろう。

この映画を観て感心したのは、まず、

①コンピューターグラフィックスの技術の見事さ。どこまでが実際の画面でどこからがそうでないのかが判別できない。製作者がパンフレットの中で述べておられるが、

ゴジラという壮大な虚構を成立させるには、他のものは極力現実に即していること、という基本方針が徹底していること。自衛隊や、政官への取材の精密さがそれを裏打ちしているのであろう。だが、反面どうしてそれほどまでに取材に協力的なのかという興味も湧いてくる。

②その結果として、経時的に映る政官の人間の発言や、予想外の人間が主導権をにぎる経過についても、次から次重なるシーンの積み重ねで、なんとなくす〜っと進行してしまうこと。

③傷つく人間の生々しい画面が出てこない。傷つくのは「ゴジラ」だけである。そしてゴジラに世界の負の面のすべてを受け入れさせるブラックボックスの役割を担わせていること。

④恋愛だとか子供の泣き声など感傷的な表現が一切出てこないこと。そのことが作品全体を引き締め現実を離れた別の世界の表現に成功している。

⑤さり気なく織り込まれているセリフ、「我々は災害マニュアルがないと動けません」やら、「想定外」やら、今に始まったことではない当事者の弁明。さらには、驚

いたのだが、首相臨時代理に「日本は米国の属国だ」と語らせることで、何ひとつ自身で解決することのできない政官の無力さが、とても現実味を帯びてきこえてくるのだ。

⑥そして音楽。G－1の伊福部昭の音楽にS－Gの鷺巣詩郎——庵野秀明のもの哀しい音が何の違和感もなく溶けこんでいるのだ。

実は当方、これまで庵野秀明＝エヴァンゲリオンという試験問題の線結び程度の知識しかなかった。これを機会に庵野氏とその周辺を勉強してみたいと考えるようになった。

さて、横道にそれるが、G－1の上陸の経路は東京大空襲の経路を辿っているらしいと書いたがそれならばG－1の上陸が品川から始まったとして納得できるのだが、だが今回の蒲田（呑川）から上陸というのは、なぜなのか、なぜ豊洲ではいけないのか、なぜ永代橋ではいけないのか疑問が湧いてきた。湾の遠浅の具合とでも関連しているのだろうか。さらに再上陸はなぜ稲村ヶ崎であったのか。庵野氏は鎌倉在住とのことだが、氏の地元サービスの意向でもあったのか。いずれその理由は疑問を抱いた当方によって究明されなければならない（でも理由を知っている方がいたら遠慮なくご一報下さい）。

もともと、この手の映画の設定地は大都市の名所志向ではあるのだけれど（かの米国においてもエンパイアステートビルにだっこする動物がいたでしょ？）。

この映画は、もちろんG－1を引き継いだ限りでこれ限りにしていただきたい。でないと、今回S－Gに蹂躙してもらえなかった地域から、次にウチに来て下さいとの陳情が起きかねない。

しかし、それにつけても哀れなのは当のゴジラでございます。人間の犯したおろかな失敗を一身にあびて、雌伏の六十年を経て上陸すれば、国連から人類に対する共通の敵として扱われ、G－1の頃の身長五十メートルはS－Gでは百十八メートルにまで大きくなった。ある方は、「シン」というのは「Sin（罪）」なのではないかと指摘されていたが（このような色々な解釈ができる重層性があるのもこの映画の魅力であ

る）、この六十年間に、人の世の罪をさらにその身体に背負って巨大化してきている
のかもしれない。

このG－1からS－Gの間の年月は当方の生きてきた月日にも、ほぼ重なる。日々
生きていくのに夢中で、周囲を客観的に省みる余裕が全くないまま、今日にいたるが、
すこしは周囲とその歴史に関心を持つように心掛けたい。

付記　その1

それにしても当方の試みた名作の現場探訪の行動と、ポケモンGOのおにいおねえたちの行動
と、どう異なるのか、分からなくなってきた。悩みは尽きない。

付記・その2

S－Gの恐竜型の第四形態の立位歩行の姿勢は、あの野村萬斎氏のそれを基にしているのだと
知った。へえー。

付記・その3

加藤典洋論文では、G－1のコースは三・一〇大空襲のコースをそのまま辿っていると述べておられるが、自分の記憶と違う気がして、どうせこんな疑問、誰も教えてくれないという、寂しい事情のもとに、自主自学、自力更生、自助の精神で「東京大空襲の記録」（三省堂）をあたってみた。そもそも米軍による、東京の空襲は一九四四（昭和十九）年十一月二十九日B29初空襲からの第一期、第二期が一九四五年三月十日、江東地域爆撃から五月中旬までの第二期、第三期はナチス壊滅の五月から八月十五日までと分けて考えられているらしい。

つまり第二期にあたる三月十日からの大空襲は、主に江東地域を主としたものであったが被害は東京旧二十九区（品川も入る）に渡り、二十七万戸の家が焼け、約百万人の都民が家を失い推定十万人に及ぶ死者が出たという。この記録に言う。「世界戦史上、どれほど熾烈な戦闘がおこなったところでも、わずか数時間に、十万人からの戦士が戦死した記録はないという」。ゴジラの上陸地が江東周辺であっても何の不思議もなかったのである。これは深読みだろうが二〇二〇年の行事に含みをもつので避けたと考えられなくもない。加藤論文の「ゴジラの上陸からの移動のコース」の件は保留にしておく。

現時点から遡ると、三・一一、あるいは九・一一は当方も皆さんも実際に体験し、まだ記憶のうちに残っている。

だが、さらにさかのぼって、三・一〇、三・〇一という事件も決して忘れ去ってよいことではない。事件を被害の人数で評価するのではないが、歴史の事実は常に記憶の一部に留めおかなければならない。

付記・その4

その三・一〇に、ある人物も当時の麻布区の家を焼失した。そしてそこから晩年の流浪が始まった。

三月九日、天気快晴。夜半空襲あり。翌暁四時わが偏奇館焼失す。火は初長乗坂中ほどより起り西北の風にあふられ忽市兵街町二丁目表通りに延焼す。余は枕元の窓火光を受けてあかくなり鄰人の叫ぶ声のただならぬに驚き……。

シン・ゴジラ、そして

当方の疑問が氷解した（簡単に氷解する、ちゃちな疑問であったわけだが）。シン・ゴジラ（S-G）上陸の軌跡のことである。気になっているとその解答のほうが向こうからこちらに歩み寄ってくるような経験は諸氏もお持ちだと思う。

野村宏平氏という方の『ゴジラと東京　怪獣映画でたどる昭和の都市風景』という本を見つけた。またまた脱帽した（脱帽ばっかりしているが）。内容はゴジラをはじめ東宝特撮映画のラドン、モスラ、フランケンシュタインなどの論考にも及んでいる。二〇一四（平成二十六）年の出版であるから、無論S-G登場の前の発表である。

映画「ゴジラ」は当時の東宝のプロジューサー田中友幸氏が、一九五三（昭和二十八）年に米国で公開された映画「原子怪獣現わる」にヒントを得たらしいこと（この映画の原作はレイ・ブラッドベリとのこと）。監督本田猪四郎、原作香山滋、音楽伊福部昭、特殊技術円谷英二らが骨格を作りあげたこと。出演者で健在なのは宝田明氏だけだろう。そして当時の文化人でこの映画を評価した数少ないひとりが三島由紀夫であったことなど、目からウロコの話が展開する。

ゴジラ（G－1）が、はじめて登場する「大戸島」は鳥羽市内で撮影されたが、G－1が破壊した家や巨大な足跡などは、今の大蔵団地付近のオープンセットで撮影されたこと。驚くことはない、「七人の侍」はじめ多数の東宝の作品群がこの付近で撮影された。このことはいずれきちんと調べてみたい。

G－1が上陸破壊したのは京浜急行の鉄橋であり（あぶないあぶない、不用意に京急に乗っていた！）、厳密に言えば八ツ山橋ではないこと。G－1は芝浦桟橋から再上陸し、田町付近から第一京浜をそれて日比谷通りに入り、増上寺前を通って、西新橋交差点へと至る。

ゴジラがなぜお濠のほうを襲わないのか、という考察もすでになされていて、率直に言えば深い理由はないが、G－1は光に反応する習性を持っていたため、森に覆われた場所に関心を示すとは思えない、とのこと。

さらに、国会議事堂を破壊したシーンでは当時、造船疑獄事件などで国民の政治に対する不信感が高まっていて、このシーンでは、映画館内で拍手する人もいたという。それまで恐怖の対象だったG－1が、庶民の代弁者へと変化したわけだ、という野村氏の考察も興味深い。

この辺りのことは当方覚えておらず、いつかG－1の映画を見直さなければならないのだが、被災者たちが運ばれたのは、白金の旧・国立公衆衛生院であるとか、終盤で「平和の祈り」が歌われたのは桐朋学園の講堂であり、歌っているのも当時の生徒たち、それをラジオで聞いている場所は砧《きぬた》小学校の体育館だという。ゴジラは、つとめて当方の地元の産物なのである。紹介だけで終わってしまいそうなので、あとは各自読んで下さい。

大事なことを忘れるところだった。ここで指摘しているのはG－1のことだが、G－1の移動ルートは大空襲をなぞったものであるとは言い難い、と否定している。G－1のルートは、旧東京市の十五区時代の範囲に収まっており、なぜ隅田川東岸を襲わなかったのかという理由も、簡単明瞭、めぼしい建物がなかったからとのこと。

すっきりしました。

そうそう、前稿で、当方自分の行動は何なのかと悩んだのだが、それは当方が現代用語の基礎知識に欠くためであり、近頃は「聖地巡礼」という言葉で説明されるそうです。いいネーミングだとは思います。

その後もS－Gに関する話題は続き、蒲田方面では、きもかわいいS－Gへの巡礼が行われ、S－Gの成長にあわせ第二形態を蒲田くん、第三形態を品川くん、第四形態を鎌倉さんと呼んでいる、という記事を目にした。とても昭和の児、当方の及ぶところではありません。

また、ある人は「マニュアル考」と題して、S－Gの映画中のせりふをある学会でのイベントを引きあいに出しながら、「現実が想定を超えることもある。すると一転、マニュアルは現実に即応できない頑迷の象徴となってしまう」。「必要なものは規格外の治癒を施す『英雄』ではなく、患者とともに、現実的な選択肢を考えてくれる医師ではないだろうか」と書いている。傾聴に値するものと考える。

ひとつの作品を巡って色々な意見に触れるのは楽しいのだが、地元の住民としてひとつだけお願いがある。街おこしに○○○商店街とか○○○まんじゅう、などと命名するのだけは勘弁してもらいたいものだ。

埋もれ火

北原亞以子さんの描く世界が大好きである。主な舞台である江戸下町の人情の機微を、それぞれの人物の心の動きをさり気なく表現して、読み出すと止まらなくなる。ハッピーエンドに終わる結末は少ないのに、いつの間にか自分の目頭が熱くなってきていることに気がつくことが何度かあった。『深川澪通り木戸番小屋』の舞台を見たくなって歩いたことがある。もちろん現実の地形とは多少異なるのだがそれにしてもよくこんな場所を見つけたものだと感心したことがある。堀沿いのその地に木戸番小屋が実際に見えてくるような気持ちになった。『慶次郎縁側日記』も、実はまだ途中までしか読んでいない。読み終えるのが惜しくて途中までで本を置いてしまう。老後の楽しみにとっておこうと思ったのだけれど、老後よりも視力の衰えのほうが先に訪れそうである。

『父の戦地』にご自分の心情を正直に述べておられるのも興味深いものがある。順天堂にお世話になっていたようだが、数年前他界された。生前に一度でもそのお姿を拝する機会があったらなぁと悔やまれる一人である。

杉本章子氏が、「北原亞以子さんは、まさしく江戸前の女である。気っ風がよくて情がある」と評しておられたが、同感である。

そんな亞以子さんの作品のひとつに『埋もれ火』がある。幕末に生きた女たちの小説が書き連ねており、その中にお龍と千葉道場の佐那子とを題材にした小説が収められている。いずれも坂本龍馬という歴史のスーパースターに関わったとされる女性である。

正直言って当方、龍馬という人に特に関心があるわけではないし（当方、だいたいが、野に咲く月見草志向なのである）、お龍という人が伏見の寺田屋が捕方に包囲されたとき、風呂場から裸で龍馬に急を告げた、ということと、高千穂へ日本で最初（とされる）の新婚旅行に行ったというエピソードぐらいの知識しかないのだが、たまたまこのところ京浜急行に親和性を感じ始めていたこと、以前横浜の藤棚で仕事をしていて、野毛や馬車道などに繰り出していたことがあり、「ちぐさ」のおやじさんの煎れたコーヒーを飲んだ、最後の世代でもある。だのに京急は上大岡より向こうへ行ったことがなく、未踏の地であった。この機会に日帰り三浦半島探訪と、たまたま手元にあった「街道をゆく」に、彼の地にお龍さんのお墓があるという記述があるのに気付き、亜以子さんへの想いも兼ねて出かけようと考えた。

ということで、Xデイのその日、おなじみになった品川から京急に乗りこみ三崎口に着いた。まったくのおのぼりさんだが、バスに乗りなんとか三崎港にたどりつく。城ヶ島まで行こうと思っていたのに、当日マラソン大会でバスが島まで運行していないとのこと。手持ちぶさただったので、まだ十一時なのにすでに行列のできている港の食堂の列に並び、定番のまぐろの定食をたのむ。相席でテーブルの前方にすわっていた母親と小学校二、三年ぐらいの男の子と一緒になったのだが、ふつうの体格のふたりなのに定食をふたつ頼み、そのほかに刺身のたくさん盛られた皿と、もう一品を並べ、口を休めることなくぱくぱくと食べているのを見て、こちらのほうがげんなりとしてきて、ごはんもおかずも半分近く残して早々に店を出る。我、衰えたり。

帰路、久里浜に寄り、歴史の大きな舞台となったペリー上陸の地を見てみようと思い、見知らぬ土地では悩まずタクシーを、という当方の旅の原則でタクシーを拾い、乗りこんだら、ほんの数分の距離で、支払いのときにバツが悪くなる。上陸の地も当時の面影を期待するほうが無理なのだが、海岸に整備され、遠くにはフェリーがとまっていて、何の興味も湧かず、駅まで徒歩でひき返す。

再び京急に乗り、堀ノ内で降りる。『街道をゆく』にはこう記されている。


横須賀の古い市街地を歩いている。道がせまく、家々の粒がそろわなくて、一見、子供が遊びちらしたあとの部屋のように見える。しかし丹念に見ると、不意に古い一郭が残っていたりする。そういう町並みの極みに、山を背負って、浄土宗の寺がある。

山門が、すでに高い。その山門へのぼる石段の下に――つまり狭い道路に沿って寺の石塀があり、その石塀を背に――いわば路傍にはみ出して――墓が一基ある。路傍の墓である。坂本龍馬という、生涯が三十二年しかなかった人の妻の墓である。

と、司馬遼節で、書き記されている。興が湧いてくるでしょう？　しかも地図も載っていて堀ノ内の名が記されている。堀ノ内で降りると、目の前に小高い山があり、その上のほうに何やら木造の建物が見える。目ざす信楽寺は当然こちらの方角だろうと思い、小高い山を目ざすが、それらしい建物はない。裏のほうかと考え、谷あいのくねくねした道を歩くが、見当らない。広い運動場に出て、そこの駐車場に車を停めていた地元の人（今にして思えば何を根拠にそう判断したのか不明である。だが人間の行動が理性で割り切れるものではないことも周知の事実であろう）に「しんらくじ」というお寺を知りませんか？　と尋ねると、首をかしげながらも「たしかあっちの方（当方の歩いてきた道筋と反対の方角）に寺があった」と教えて下さる。その方角へ歩いてみても寺は見当らない。たまたま途中の家の前で遊んでいた小学生ぐらいの男の子が三人おり、（先の三崎港の子よりは一～二学年上のような印象を受けたが）、「むこうのほうにあります」と教えてくれる。たしかにその方角に歩いていくとお寺はあったが「しんらくじ」ではない。途方に暮れて、先ほどの三人の男の子のほうへ

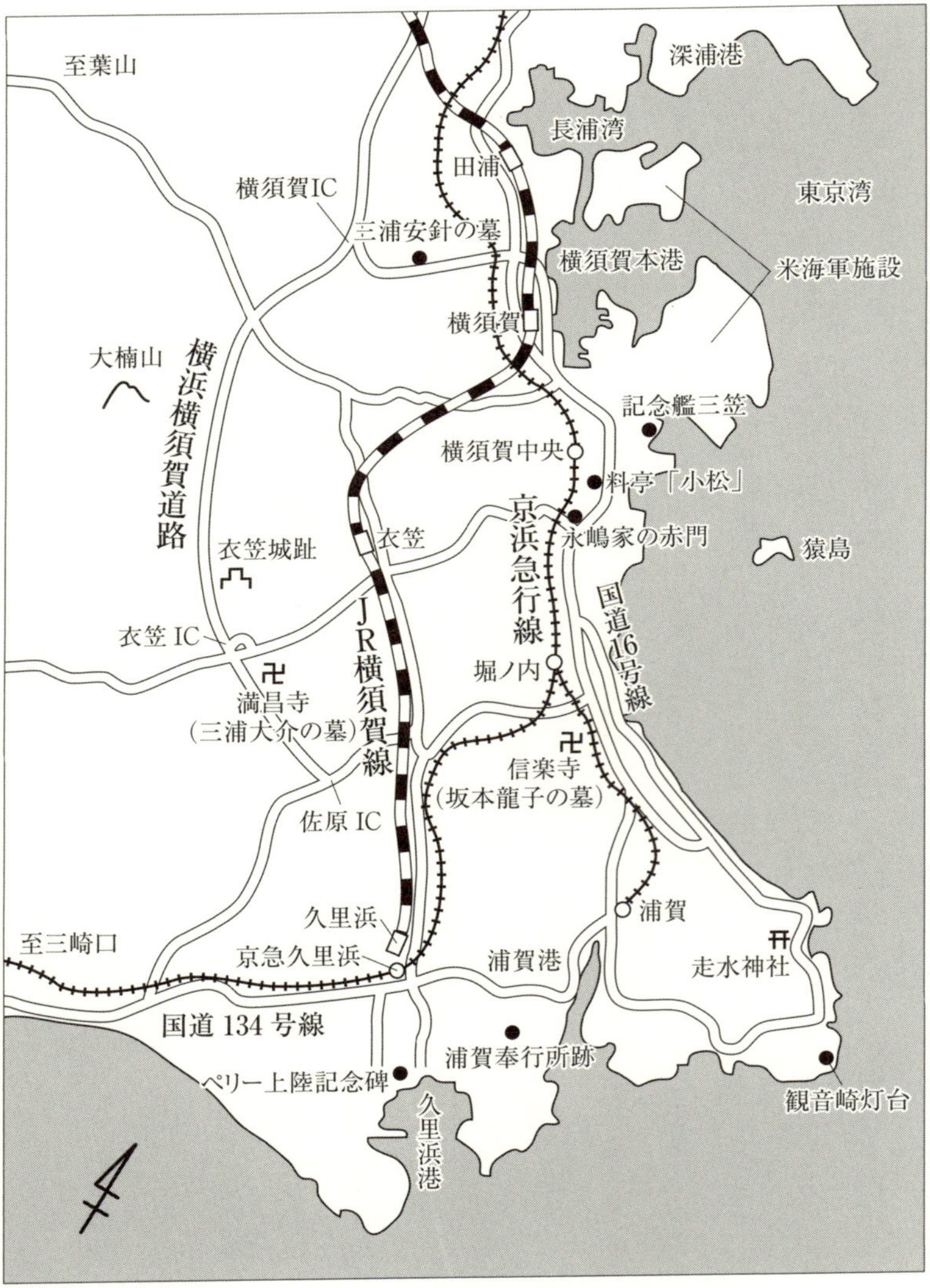

『三浦半島記　街道をゆく42』より

戻ると、「そっちの方向を左手に曲がった学校の先のほうだと思います」と再び教えてくれる。言われた方向に歩いていると、当方を判断力の低下した哀れな人物と思って下さったのだろう、男の子たちが自転車三台に乗り、こっちのほうですと当方を誘導して下さる。やっと寺にたどりつくと、三人は「気をつけて」と当方に声をかけて、振り返りもせずにさわやかにひき返していった。寺の名前は「しんらくじ」ではなく「しんぎょうじ」と読むらしい。

ほんとうに素晴らしい少年たちである。横須賀市民に伝えたい。あの少年たちがいる限りこの市の将来は明るいと。

だが、大体が、この原因は、『街道をゆく』の中途半端な記述によるものだ。歴史家なら邪馬台国の記述が不充分なため、現代においても解明されない謎を残したままであるということぐらい知っているだろうに。それに読みにくい字があったらふりがなを付すのが親切だろうに。ぶつぶつぶつ。

この件はもうひきずらず、石堀沿いに山門を潜る。司馬氏が訪れた頃はこの山門の外の路傍に墓があったようだが、現在は山門を入り、本堂の左手の墓地の中に切り通

信楽寺にある、お龍さんのお墓

しの山を背にして、一番立派に聳えていた。説明書きの札まで添えられていた。

『坂本龍馬の妻お龍』という本があり、それによると、お龍さんは一八七四（明治七）年頃、東神奈川の割烹、田中家で仲居として働くようになったが、勝安芳（海舟）がその割烹を紹介した可能性があるとのこと。

また、当時の事情を知るある大道易者の文には、

その茶屋には、一とき秀れて美し

い女中が居った。それがりょう女で、大柄でうるんだ情けの深そうな眼、鼻も口も大まかに、そして色白で頭の毛は濃く、それでいて無類と鉄火な、いわば姉御肌の女で、いくらでも酒をのむというしろものだった。

と記されているそう。まぁ当たるも八卦、当たらぬも八卦と受けとろう。龍馬が暗殺された近江家の子孫の井口家に伝わるお龍さんといわれる女性の写真をなんとなく彷彿はさせる。晩年の写真も残っているが、骨格など同じなのかどうかまでは判断できない。

そのお龍は、どうも寺田屋時代から西村松兵衛とは旧知で当時、横須賀造船所の設営の最中で、横須賀から東京へ資材を回収する仕事をしていて羽振りのよかった松兵衛と再婚、一八七五（明治八）年横須賀市大津町へ移住し、そのあと横須賀市深田台、当時の海軍病院（現在の共済病院）の近くに定住したらしい。その後の松兵衛の職業は葬儀屋で実は長屋暮らしであったそう。

その長屋で松兵衛と妹の光枝と三人で同居し、晩年は松兵衛と光枝が別の住まいに移り、お龍は体調を崩しながら独居にて一九〇三（明治三十六）年永眠。信楽寺に埋葬されたようである。なんとも不思議な関係である。

思いがけないことだが、お龍には実の弟、太一郎という人がいて、その墓碑が北烏山の存明寺にあるという（そのうち確かめたい）。

そのような事情もふまえて、亜以子さんの小説を一読していただければ幸いです。


お墓探しのあとは、くたびれてそのまま京急で品川へ戻ったのだが、それからほんのすこしあとに、大変な事件が横須賀で起こった。東郷平八郎、山本五十六、米内光政らがよく利用し、往時の面影を今に残す「海軍料亭小松」の建物が全焼してしまったのだ。後悔は先に立たず。あのときもうひと頑張り、横須賀で下車して外側だけでも目に焼きつけておけばよかった。

なくなったものは二度と戻らない。それは人の命でも建物でも同じこと。一期一会を大切にしたい。

学校保健委員会

この学校保健委員会で、校医の立場から、何でもいいから健康について、それも五分程度で話せと言われて当惑しています。

まだ「何とか病」について具体的に話してくれというのならば予習して説明することもできるのですが。

私は実はヤブ医者です。本当に治せる病気は軽い風邪と軽い切り傷、やけどくらいです。今注目のジカ熱の知識など、ＳＮＳで情報を仕入れている皆さんのほうが豊かかもしれません〈二〇一六年二月現在〉。

私の診療所では、それこそ高熱が出たとき受診する中学生が時々来るくらいで、その年代の方たちとの接触はほとんどありません。

しかも、この学校の前はよく往診の折などに通りますが、生徒が頑張っているという垂れ幕をよく目にします。スポーツでも頑張っているし、有名高校への合格者も沢山いると養護の先生から教えてもらいました。

健診のときにも、栄養失調で死にそうな生徒も見かけませんし、傍目からみると、平和な日本の豊かな東京の世田谷で、それこそお母様方の心をこめた食事、しつけのおかげで、生徒たちはすくすく育っているように思えます。

では、あらためて皆さんにお尋ねします。「健康な状態」というのは、どういうものなのでしょうか。

よく報道で、目を覆いたくなるような青少年の犯罪が報道されていますが、そのような凶悪な犯罪は増えているのでしょうか？

行政の統計上では、第二次大戦前、戦後早期と較べ、凶悪犯罪数は明らかに減少しています。

では、身近なところでの目に見えない犯罪行動、これにはいじめなども含めていいと思うのですが、これらは増えているのでしょうか？

分かりません。統計をとれるということはありえないでしょう。

では、そういう目に見えない犯罪やいじめを受けたことによって生じるストレスは、青少年にだけあるのでしょうか。

たとえば、皆さんご承知のことと思いますが、次の年度から、官公庁も含めた、職場での「ストレスチェックの制度」が法制化されます。制度上は、人事権のある人が、この職場にはこういうストレスがある、と把握してはいけないことになっているのですが、とりわけ中小の事業所などでうまく運営されるのか、私自身は疑問に思っております。

では、本日、熱心にこの集まりに参加されているお母様方（不思議なことにお母様の参加が圧倒的です）にもストレスはないのでしょうか。

出たくはないけれども、「子供が人質にとられている」という思いで、わざわざ有休をとって職場の目を気にしながら参加されている方ももしかしたら、おられるかもしれません。

これは想像ですけれども、先生方も、とても残業が多いとよく耳にします。生徒の休日の試合や大会にも、付き添わざるを得ないという話も耳にします。進学の時の内申書や調査書が進学資料のために使われるので気がぬけず、それぞれの立場でストレスが高まっているのかもしれません。

この集まりもノルマになっていることで、参加せざるを得ないとお考えの方もいないとは限らないでしょう。

ここまでの話は答えを出すことを目的にしているのではないということを、ここで確認させていただきます。

では私が一番ストレスを感じる相手とはどういう人だと思われるでしょうか。

過剰に学校や組織に適応してしまい「自分は正しい、自分の行動は間違ってはいない」と、疑いをもたない方々です。そういう方々はよく、「絶対」あるいはそれに類した言葉を多用する。自分以外の人々の経験や物語を擬似的に体験することが少ないと、それは相手に対する徹底的な非難として現れ、さらには、自分自身さえ攻撃しかねないこともあります。

「がまんできない」社会が個々の人間を破壊するような恐れを私は持っております。

それでは、私たちはどう対応すればよいでしょうか。

私は明確な答え、というものを持ちあわせてはおりません。ですが、ひとりだけで生きて「健康」ということはありえない。社会の関わりの中でお互いにお世話になっている状況にあるということを、常に考えて、一日一日を大事に生活していくことが必要ではないでしょうか。

追記

ちょうど、この本の校正を始めていたとき、耳目を疑うようなニュースが飛び込んできました。ある国会議員の、秘書へのパワーハラスメント事件です。現実は、凡人の想像をはるかに凌駕するものです。でもこれが現実の社会の氷山の一角なのでしょう。

四天王寺から

日想観という言葉を知った。日常の日程に風穴をこじあけてでも、大阪へ寄ってみようと思った。

宗教といっても当方、典型的な日式八百万神教であり、以前イスラエルを訪れたときは見事に場所によってユダヤ教徒、イスラム教徒、キリスト教徒に変身し、ルクソールやアブシンベルではアメン神やラメセス二世に深い祈りを捧げている。節操がないのではない。その逆のつもりである。しかしあの頃はどうしてあちこち行けたのでしょうか。嗚呼悲しい哉。悲しい哉。

すこし前のことだが、世間に出てから会う機会のなかった叔父の葬儀の場に着いたら、青い空の下、金紙、銀紙の短冊がきらきらと光り、白い袴の神主がいるのに驚いたことがあった。そういえば子供のころ住んでいた家には神棚があって、正月などに柏手を打っていたなぁと思い起こした。草葉の陰で先考は苦虫を噛み潰しておられることと思う。カミもホトケもないこの現世で生き延びてきても、博愛の心に満ちているのだと、受けとめてほしい。

大阪といっても、当方の行動範囲は学会場との往復と大阪城、通天閣見物程度の行動範囲しかなかった。あとは、親切な運ちゃんが気を利かせて、「お客さんこの辺りが、飛田ですわ」と車で案内してくれ、はぁ、そうなんですかとぽかあと口を開けてホテルに戻ったという記憶ぐらいである。

そんな当方が、心機一転、朝一番、観光地図を頼りに地下鉄を使い、なんとか四天王寺の西門に辿りつく。たまたま近所にお住まいの知人がいて、一帯を案内していただく。日本仏教の祖、聖徳太子が廃仏派の物部氏と大陸の流れをひく宗仏派の蘇我氏との戦いの際、蘇我氏が勝ったら四天王寺を建立すると太子が祈り、そしてそれが実現した寺で、中門、塔、金堂、講堂が一直線に並ぶ四天寺式伽藍配置をとり、当時の法隆寺とともに飛鳥時代の様式を示すもの、と歴史の授業で教わったことまでしか覚えていないが、ついにそのお寺を目のあたりにすることができたのだ。

自分の勉強のためにもうすこし調べてみると、大阪は城の付近以外は真っ平なのだ

四天王寺、金堂　遠くの建物がまだ感覚的になじめない

ろうとの先入観を持っていたのだが、上町台地と呼ばれるこの一帯は、往時、台地のすぐそばまで海が押し寄せており、飛鳥時代、異国から難破の港に入ってきた異国からの船に、台地の上に聳え立つ四天王寺の堂塔を仰ぎ見させることで、日本の国威を示す目的もあったようである。そしてこの地から斑鳩《いかるが》宮を経由して飛鳥の京へと道が整備されていた。

この四天王寺は日本仏教界を鎮護する正統の寺として、太子信仰の寺として、さらに浄土教と結びついて念仏の道場ともなり、その後天台宗に属していたが、一九四六（昭和二十一）年に独立して太子の精神を現代に生かすために、憲法十七条の「和を以って貴しとなし、忤うことなきを宗とせよ」の教えから和宗と名乗るようになったとのこと。

生涯教育の学習をしてしまった。ポイントはつかないのかしらん？　いけない、さもしい心が現れてしまった。ポイントを集めるために学習するのではない。

古代末から鎌倉時代にかけて、浄土思想の広がりとともに、四天王寺の西門は極楽浄土の東門に通じているという信仰が深まり、極楽往生を願う人々、当初は貴族、とりわけ女性の信頼を集め、戦乱、天災が続いた中世以降には広く庶民も彼岸の中日に日没の太陽を観じて西方極楽を想う「日想観」の修業が広く行われ、礼拝者を集めたという。

四天王寺に拝でた人物は、名だたる名前を挙げても、藤原道長、後三条上皇、鳥羽上皇、後白河法皇、浄土宗開祖法然、源頼朝、浄土真宗開祖親鸞、親鸞と同時代の日蓮宗開祖日蓮。楠木正成、足利義満。日蓮から少し時代が下がるが、時宗開祖の一遍はこの地で念仏踊りや男女同伴の布教活動を行い、阿弥陀の浄土への祈りを捧げていたのである。

僧の中には、台地の崖を下って入水し、往生に及んだものもおり、僧永快、西範上人、僧西念などの名前が記録に残されているという。

現在。日想観勤行文では、こう唱える。


一切衆生、みな日の没するを見よ。まさに、想念を起して正座して西に向かい、あきらかに日を観ずべし

もちろん、現在の西門から東方を見ても市街地の建物が風景を遮り、廻廊からは最近出現した高い建物が大きくのさばり、興をそぐけれども、目を閉じて、往時を想像していただきたい。燃えつき溶けていく落日が海の果てに消えていく光景というのは、誰の目にも同じような想いを抱かせるのではないだろうか。

親鸞の居多ヶ浜へも行ってみたくなってきた。

これも歴史の授業で一度習ったような憶えがあるが、この一帯には、四箇院、つまり施薬院（薬局）、療養院（病院）、悲田院（介護、厚生施設）、敬田院（寺院）も聖徳太子の精神を受け継いで建立され、地名として残っているものもある。西門のすぐ隣には、女性医師を輩出させていることで名高い学校もあり、さらに周囲に病院、介護施設などもあり、現代に至るまでその精神は受け継がれているのだろう。寺社がたくさんあるのも言うには及ばない。台地全体に緑も多く生活しやすいように見える。真田幸村終焉の地もほど近くにあった。

昨今、包括ケアプランなどと称して、お役所や大学で、まるで自分たちが新しく考え出したかのように、「この道しかない」と喧伝しているが、人間の智恵というのは、そうそう新しいものを生みだすとは限らないものである。

四天王寺界隈を一巡したあと、案内の方に礼をして、天王寺駅から動物園前駅へと移動。当方の足はおのずと、づぼら屋、通天閣を抜け、恵美須へと進む。「梵」の前を通り過ぎる。当方この店には二回入ったことがある。また、それがどうした、との疑問の声が聞こえてきそうであるが、当方のこれまでの大阪滞在時間は、睡眠時間を含めて、せいぜいが百時間程度である。この頻度に感動してもらいたい。大将元気？と外から念じ、今回は修業の途中なので入店を見送り、先へ進む。そして「澤野工房」。知る人ぞ知る、この店こそ今や世界のジャズ界と日本の履き物店界の至宝である。重要文化財に指定されてもおかしくない。この店にも入らず、「次の機会に寄らせていただきます」と念じ、先に進む。何に憑かれているのか自分でもよくわからないが進む。この梅雨どきのべたっとした空気の中、実社会では現場からは排除されていく世代のをぢさまが、歩を進める。ここは家電ロードか、焼き肉ロードか、はたまたラーメンロードか、歩いている人間が日本人より明らかに国外からの客が多い通りを進む。ふと、「君のゆく道は、果てしなく遠い。だのになぜ、歯をくいしばりいい～」という昔流行した歌の歌詞が脳裏を横切る。

文献依存派の当方、帰宅後に漁った文献の中で、民族学博物館の教授をされていた立川武蔵という方の文に目がとまる。

世界と個我との同一性を図示する装置がマンダラである。（中略）マンダラでは、仏、菩薩は宮殿に整然と並んでいる。宮殿は世界を、仏、菩薩は人間を意味する。つまりマンダラとは聖化された娑婆《しゃば》世界の図なのだ。

（中略）（仏教の）変革の中で重大なもの、特に日本人にとって重要なのは、浄土宗と密教であろう。これらの変革は「釈迦以来の仏教史における不幸な変節」ではなくて、（仏教史を人の一生に例えた場合）「仏教の一生」の中での成果だと思われる。阿弥陀仏に自らの魂をゆだねる帰依と、この娑婆世界を聖化された世界へと変えていく大日如来の働きに参入することは決して矛盾してないと思われる。そもそも釈迦、阿弥陀、大日は仏教の生涯の中で生み出されてきたブッダなのだから。


当方の無為の行動にも論理的裏付けがとれたのではないかと思う。娑婆世界を聖化された世界へと変えていく歩みだったのである。

だが、この修業の旅は、実際には堺筋を歩き、日本橋に着いて中断した。現世における新幹線の時間が迫っていたのだ。

また、素朴な疑問が湧いてきた。法然と親鸞、浄土宗と浄土真宗は、どこが鑑別点なのか。をぢさまの悩みは尽きない。また新たな模索の旅が必要となってきた。

十四番小路

早朝、京都駅近くのホテルを出て三条のイノダ本店に至り、朝食を摂る。なぜイノダかと問われても困るが、当方がおのぼりさんだからであろう。店を出て、まだシャッターの開いていない商店街を抜け、四条烏丸からバスに乗り銀閣寺橋で降りたつ。ふり返りみれば、毎度地下鉄で宝ヶ池へたどりつくのがやっとだったのに（そのぐらい訪れる間隔があいていたのだ）、バスまで利用できるようになったのだから、当方としては長足の進歩である。

銀閣寺参道から哲学の道へと右折する。西田幾多郎が実際によく歩いたのは必ずしもこの疏水辺りではないらしいのだが、それはそれとして、水と緑、家屋がほどほどに調和して歩いたり走ったりするのには気持ちよさそうだが手狭な感がなくもない。ジョギングをされている方もいたがぶつかりそうだし、足もとのＡＤＬが落ちている方だったら転倒してしまう。突然パトリオティズム的な言動に走り出すが、たとえば当方の在所近くの仙川や野川沿いだって、柳田國男、大岡昇平、当方が学生時代世話になった高間直道、それに大江健三郎が散策したと考えてみれば西の哲学の道に対応する東の散策の道と評価したっていいのではないかと極私的妄想にふけりたくなる(大江先生、無断で名前使用してすみません)。キルケゴールが歩いたコペンハーゲンのストロイエだって哲学の道じゃんかと、またあらぬ方向へ話をもっていきそうになる。すまない。ハマなまりが出てしまった。

などと、ぶつぶつ唱えながら歩いて道の中ほどにさしかかり、疎水にかかった橋の方角へ左折する。突然空気が一変する(気がした)。「これが鹿ヶ谷の法然院かぁ」と憧れの声色にかわる。地名にも格式が感じられる。参道から山門を潜り御堂のほうへ歩く。法然が弟子たちと瞑想するための草庵があったらしい。ここの水も有名と聞いた。

建物を拝見したあと再び参道に戻り、山側の墓所へ立ち入る。名だたる方々の墓が並ぶ。谷崎潤一郎の墓も桜木の下に見つけた。当方にはとても大谷崎にまで手を伸ばす心の余裕はなく、おめあては九鬼周造の墓だったのだが、よくわからず、通りすが

九鬼周造の墓。側面には、西田幾多郎翻訳のゲーテの『さすらい人の夜の歌』の一節も

りの方にありかを尋ねたら、何のことはない、谷崎の墓のすぐ横に、さり気なく建てられた墓、飾り気なくすっきりした墓標は、西田幾多郎の字だそうだが、を見つけた。いいねえこの墓地は、当方とて、このような地に埋もれたら安らかな眠りにつけそうな気がするが、まぁ無理でっしゃろ。墓地を一巡りして、法然院を去り、通りに出て再びバスで知恩院前へ。本日はなにか特別な日なのか、それとも年中催しがあるのか知恩院古門の交差点を東山少年補導委員会+KYOTO POLICEの

知恩院三門

マーチングバンドのパレードに出会う。おのぼりの身には、驚くことばかり。

はじめての知恩院三門とその周辺を散策する。一六二一（元和七）年に建立されたものというが、その圧倒的な存在は、徳川家康、秀忠の権勢がどれほど大きいものであったかを、今日でも実感できる。そのあと、丸山公園、八坂神社を散策する。この辺りも歩いていて気持ちがよいが、祇園の通りとこのあたりも、模様の華やかな着物姿の若い女性が目につく。何人か集団で歩いているのが多い。なにか着付けの学校の修了式でもあったのかしら？

ラッパーたちや、作業着の勤め人が歩いているよりは、場所柄もあり見た目にも気分がよい。

今になって気がついたのだが、当方以前「方丈石」の小文にて、日野の「法界寺」なる名前を記したのだが、その地こそ、親鸞の生まれた地であったのだ。世の中で無知ということほど強いものはない。気がついて急に顔が赤くなってきた。ということは長明と親鸞は同時代の人間であり、ほぼ同じ時代に、近くに住んでいたのだ（戦乱と天災にあけくれたあの時代に）親鸞が出家したのは方丈記に記されている「養和の飢饉」の頃だという。

無知の上塗りで書くが、法然と親鸞とがたもとをわかった理由が分からない。当方の現時点での理解は、こうである。

法然は当時の比叡山一の僧であったが、二十年修業しても煩悩がおさまらず比叡山からおりて、浄土に往生する方法として難行修業を否定して、念仏だけに集中する「専修念仏」を唱えていた。その方法として、法然は、毎日の間断ない念仏中心の生活によって煩悩から解放されるという「多念義」をすすめたがこれは出家者でなければできない。

だが四十歳年の離れた弟子の親鸞の「一念義」は阿弥陀仏を信じることができたときの念仏であればただ一回の念仏でも往生は約束されるという考えで、これならば在家信者で家族を持っていても可能である。これが浄土宗と浄土真宗の鑑別点なのだと。あとで読み返してまたまた顔が真っ赤になるかもしれないが、修業中、修業中。

そして、有名な「悪人正機説」当方はこれはむずかしく考えることはないと思う。というのは助けを必要としない日頃善行を積んでいる善人は当然自分の善行により往生できるし、それこそ当方のようなこの年になってやっと親鸞に興味を持った罪深い悪人にだって、阿弥陀仏の他力に頼らざるを得ないからこそ、これまでの悪行を悔いあらためて往生を望んで念仏を唱えるのならこれ以上強い信心はないということだろう。

寺内大吉氏によると、法然の出現によってはじめて日本人は思想を持つようになったという。つまり、賢者も愚者も善人も悪人も洩れなく教われる、ということ。人間の死に差別はなく、そのことは同時に生きる平等へ直結していく。

思想とは、万人が平等の基礎に立って如何なる制約も受けずに〝考える〟地点から発してくるものである、と。寺内氏がこんな素晴らしいことを書いているということもはじめて知った。

とは書いたものの、自分がもう逃れる余地のないところまで追いこまれたときに自己否定をし、すべてを他者（阿弥陀）に委ねる、ということはやはり簡単なことではない。当方もまだまだ考え続けなければならないことのようだ。

そういうことで（よく分からない理由だが）夕刻に、当方、九鬼周造先生を祈念する食事を頂こうと、割烹を予約しておいたのだがその時刻まで中途半端な時間ができてしまったため、手持ち無沙汰で暗くなりはじめた裏通りをぶらぶら歩く。

と、何やら前方の雑居ビルの表のディスプレイが、周囲の薄暗がりの中でそこだけ燦然と輝いていて、ついふらふらと、灯にひきよせられる蛾のように近づいてみると、業務用のぴっちんぱっつんのドレスが狭しと並びてライトアップされている。冷静に考えれば、歌舞伎町などの繁華街にも同じような店があるのだけど、その明暗の対比の見事さについ我を忘れる。

「どや、じょうちゃん、このべべ着てくれはるなら、をぢちゃん買うてあげるで?」

妄想がふくらむ。

「ああ、そこのおかあさん、あんたはだめや、ほら無理して着よるから、破けてしまいそうやないかぁ」

「旦那さん、ほなら、うちにドレスやのうて友禅買うてんか?」

「ぶるぶるぶるぶるぶる、あきまへん!」


うす暗がりでひとり亡念にふけるをぢさまを見つけたら、傍目には気持ちわるいだろうな。

「煩悩」「煩悩」こないな時こそ唱えよう「南無阿弥陀仏」「南無阿弥陀仏」「南無阿弥陀仏」「南無阿弥陀仏」……人に聞こえないよう小声で唱えた。

祇園の闇には、魔が棲んでいる。

『いきの構造』をひもとく。浅学非才の身の解釈は、あたたかく見守っていただきたい。
「いき」の内包的見地にあって第一の徴表は異性に対する「媚態」であるという。媚態の要は、距離を出来る限り接近せしめつつ、距離の差が極限に達せざることである、とする。

そして、媚態は異性の征服を仮想的目的とし、目的の実現とともに消滅の運命を持ったものである。として、小説『歓楽』の例を挙げる。九鬼が我が師匠をひきあいに出しているとは思わなかった。

第二の徴表は「意気」すなわち「意気地」である。ここに江戸文化の逆説的理想が鮮やかに反映されている、とし、「野暮と化物とは箱根より先に住まぬ」ことを「生粋」の江戸児は誇りとした、とする。

第三の徴表は「諦め」である。運命に対する知見に基づいて執着を離脱した無感心である、と。我が日本の先達にこれほどの方々がいることを思い起こしてほしい。海の外の知見ばかりにかぶれることはないのである。しかし、それにつけても昨今のある、紅毛碧眼の蛮行はどうだ！　風呂場の鏡に向かって、「鏡さん、世界で一番強いのはだれ？」と、自問して見惚れているタイプではないかと想像する。

予約の時刻となり。小路の中ほどの割烹に入る。入り口にも、内装にも過剰な装飾がないのでほっとする。

出されるひと皿、ひと皿、季節の素材を使い、こちらの進み具合を見ながら目の前に出してくれる。淡味でありながら甘美である。食事というのは、バイキングや飲茶などは別として、少人数で味わうものである。多人数の宴会のコース料理が出ても、名刺交換やスピーチなど加わると全く味が分からなくなる。出された料理に対する冒涜である。

料理の合間に、大将に、明るい時間に若い人が沢山きれいな着物を着て歩いていたのだが何かお祭りでもあってのことかと問うてみた。返ってきた答えは、あれは貸衣装で、観光客が希望して着用して町中を歩いているのだとのこと。すこしにがい表情になって、この前外国からの旅行客の若い女性が店に入ってきたのだが帯がずれて直せず左前に近い格好で座り、食事の仕方も行儀が悪く往生したと、教えてくれた。むずかしいもんですね。昔「パリのアメリカ人」というミュージカルがあったが、その後「パリの日本人」の時代もあったはずだけど、その頃のふるまいはもうミュージカルには仕立てようがなかったのだろう。そして現在は「京都の〇〇人」の時代である。

異邦人がその土地の風土を理解して、お互いを尊重しあえる文化が熟成するのには気の遠くなるような時間を要するものなのであろう。

なじみになって、戻ってきたい店だった。

追記・その1

哲学の道の法然院の方向に渡る橋のたもとに、谷崎と松子夫妻と血筋のつながる、渡辺千萬子という人の作った「アトリエ・ド・カフェ」という店がある（あった?）らしい。

松子夫人との確執があったことは有名らしい。当方、今まで大谷崎にまでは興味が至らなかったが、最近、ある新聞のインタビュー記事で、あのエマニュエル・トッド氏が若い頃、『鍵』を読んで感銘を受け、こんどは『瘋癲老人日記』を読んでみたいと述べている記事が目にとまった。トッド氏も凄い方である。訳書で感銘を受けるのなら、原文で（なんとか）読みこなせれば、なお一層の感銘が受けられるはず、と思い立ち、いそいで、『瘋癲老人日記』を読んだ（正直言うと目を通した）。この節操のなさが当方のいいところであろう。その中には谷崎の晩年の哲学の道周辺での記述も、あった。還暦を超えたら、一読してみることをおすすめする。もちろん、もっと若い時に読んでも結構。

谷崎潤一郎も、勉強してみなければならないようだ。

追記・その2

五木寛之氏の『歎異抄の謎』を読む機会を持った。当方の浅い理解が砕かれた。以下、ほんの数行だけ引用させていただく。

いわゆる善人、すなわち自分のちからを信じ、自分の善い行いの見返りを疑わないような傲《ごう》慢《まん》な人々は、阿弥陀仏の救済の主な対象ではない。

わたしたちは、すべて悪人なのだ。そう思えば、わが身の悪を自覚し嘆き、他力の光に心から帰依する人びとこそ、仏にまっ先に救われなければならない対象であることがわかってくるだろう。

いつか別の機会に自分の考えを整理したい。

つゆのあとさき　二〇一七

また紹介が長くなることをお断りする。

府下世田ヶ谷町松陰《しょういん》神社の鳥居前で道路が丁字形に分かれている。分れた路を一、二町ほど行くと、茶畠を前にして勝園寺という扁額《へんがく》をかかげた朱塗りの門が立っている。路はその辺から坂になり、遥に豪徳寺裏手の杉林と竹藪とを田と畠との彼方に見渡す眺望。世田ヶ谷の町中でもまずこの辺が昔のままの郊外らしく思われる最幽静な処であろう。寺の門前には茶畠を隔てて西洋風の住宅がセメントの門墻をつらねているが、坂を下ると茅葺《かやぶき》屋根の農家が四、五軒、いずれも同じような藪垣を結いめぐらしている間に、場所柄からこれは植木屋かとも思われて、摺鉢《すりばち》を伏せた栗の門柱に引違いの戸を建て、新樹の茂りに家の屋根も外からは見えない奥深い一構がある。清岡寓と門の柱に表札が打付けてあるが、それも雨に汚れて明には読み得ない。小説家清岡進の老父熙の隠宅である。

これに続いて嫁の鶴子の描写があるのだが惜しいが中略。

麦門冬に縁を取った門内の小径を中にして片側には梅、栗、柿、棗などの果樹が欝然と生茂り、片側には孟宗竹が林をなしている間から、その筍が勢よく伸びて真青な若竹になりかけ、古い竹の枝からは細い葉がひらひら絶間なく飛び散っている。栗の木には強い匂の花が咲き、柿の若葉は楓にも優って今が丁度新緑の最も軟かな色を示した時である。樹々の梢から漏れ落る日の光が厚い苔の上にきらきらと揺れ動くにつれて、静な風の声は近いところに水の流でもあるような響を伝え、何やら知らぬ小禽の囀りは秋晴の且に聞く鵙よりも一層勢が好い。

一九三一（昭和六）年に発表された、「つゆのあとさき」の中の老漢学者、清岡進の寓居を嫁が訪ねる折の一景である。

江藤淳氏がこの小説ではなく、一九二〇（大正九）年に脱稿された、「おかめ笹」評の文の一部を引用する。

僅か半頁程度の短い描写によって、荷風がいかにそれぞれの土地の「匂い」を的確に把握しているかには驚くほかない。しかしそのこととまさしく裏腹に、これらの山ノ手の色町にはひとつの共通な性格がある。それは日常的な空間の中に穿ち入り、ときにはそれを包囲しさえしようとしている非日常的空間、という性格である。

この世田谷の描写にもまさにそのままあてはまると思いませんでしょうか？　その道筋を一緒に歩いているような気分になりませんか？　当方の手元に一九三九（昭和十四）年版の世田谷市街図のコピーがあるのだが、松陰神社、国士舘、勝国寺の位置関係は変わらない。もちろん現在もほぼ同様である。現在の世田谷区役所のところが、こちゃこちゃしていて当方の老いた眼では判然としないのだが、畑か空地であるように思える。でもかなり具体的な描写なので、モデルにした家があったとしたら特定できるように思えませんか？　今度土地の古老にお尋ねしてみたいものです。

で、導入部の描写に戻るが、嫁が養父の家を訪ねるのに、一体どういう経路を通ったのか疑問を感じませんでしたか？　素直に読めば世田谷線松陰神社前で下車して、参道を通り神社の前を経由して、と考えるでしょう？

でも目的の家を訪問するなら、世田谷駅で下車して、ショートカットに目的の家へ向かったほうが早いと思いませんか？　このへんも地元にお住まいの方々のご意見をうかがいたいところである。

だが、それ以前にも確かめなければならないことがある。そもそも、脱稿された年に世田谷線は開通していたのだろうか？

時代背景、地誌を確認したくてまたにわか勉強にかかる。さあ、大論文になるぞお。

また、引用が多くなるが、今回は、『せたがや百年史』と、関田克孝氏の『玉電外史』を主に参考にさせていただく。

明治二十九（一八九六）年、東京市の中心部に近い三宅坂から玉川に至る路線を、

松陰神社　Wikimedia Commons　Ⓒ Nesnad

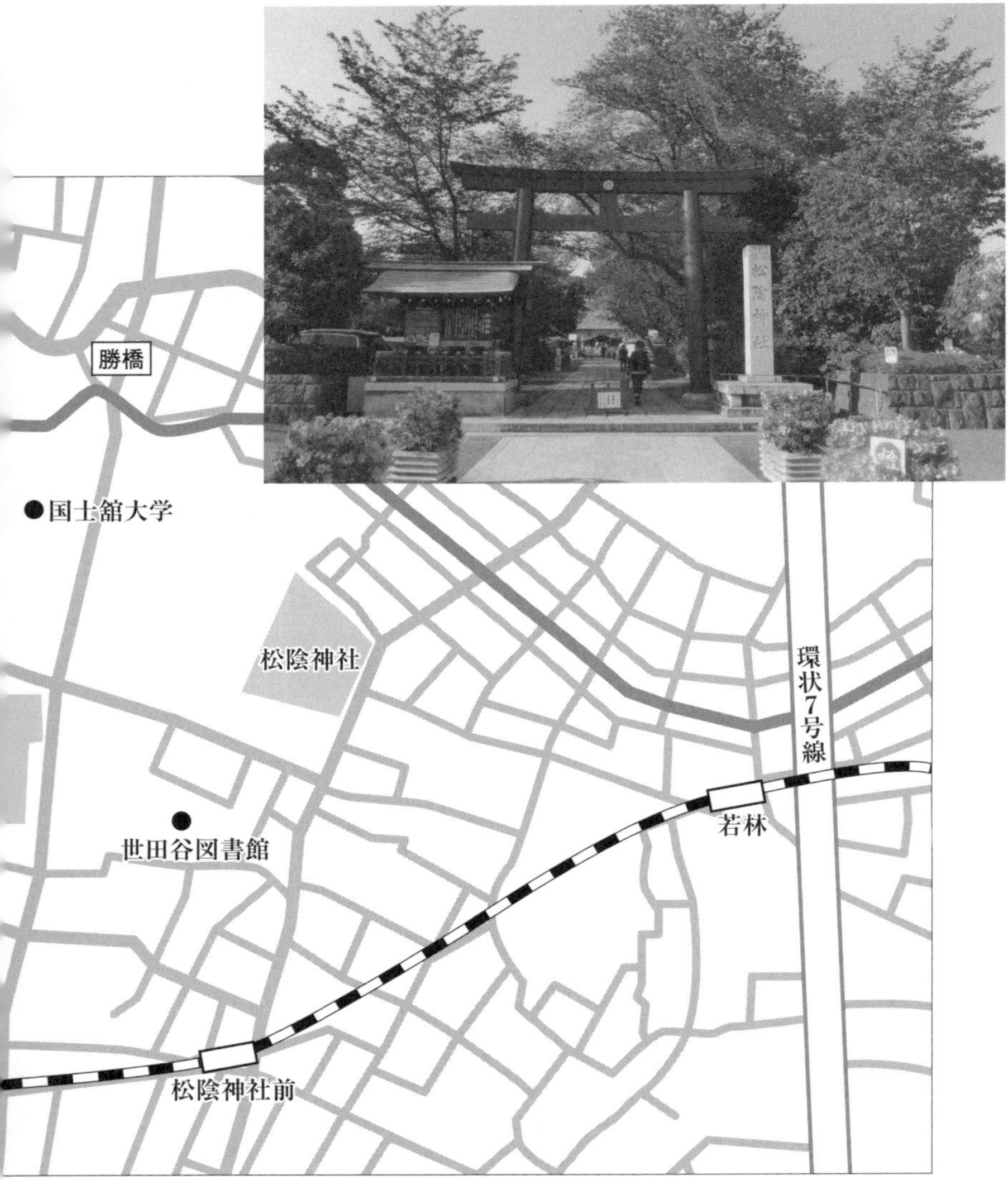

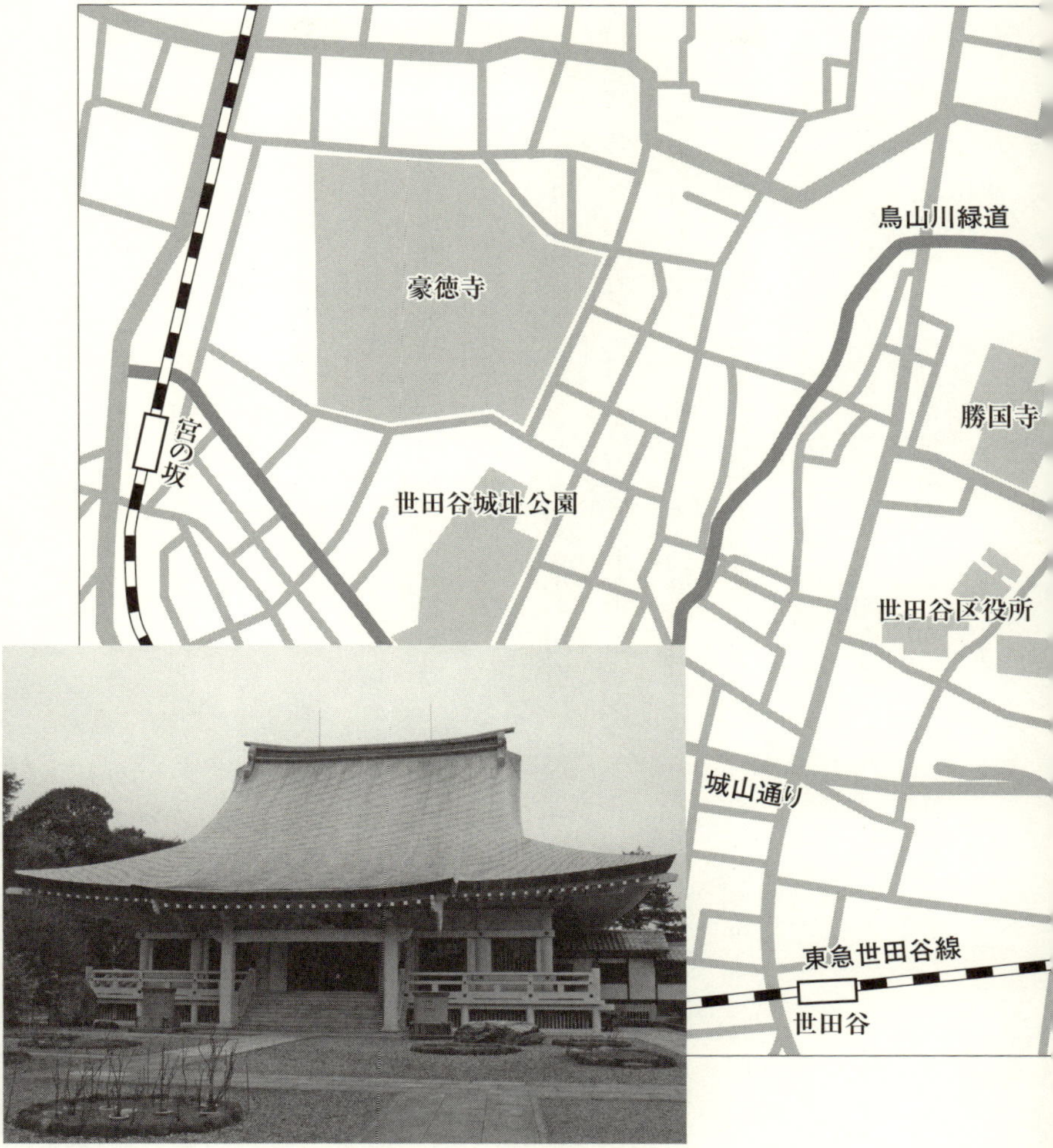

豪徳寺　Wikimedia Commons　©Lover of Romance

玉川砂利電気鉄道が出願。その名の如くこの鉄道は第一義的な目的は、とりわけ日清戦争以降活況を呈していた都心の建設部門への砂利供給であった。明治四十年には道玄坂上から玉川までの初期の全線開業が成った。沿線には既に軍関係施設が多く存在し、こちらの輸送には一般人の市の中心部向きと逆方向の輸送になるため営業上有利であった。さらに砂利も東京側ばかりでなく、対岸の神奈川県からも採取され、陸軍工兵隊によって建設された木橋を経由して玉川停留場へと集積されたとのこと。都心の主要道路には玉川の砂利が敷きつめられているようである。

一方、明治十一年地租法改正により、市街地の所有は大地主に集約されていき、地主層と借家層との土地所有をめぐる格差は拡大する。

大正二年、駒沢村から深沢村にかけての一帯二十三万平方メートルの大規模土地分譲が開始される。台地の上で交通の便もよく眺望のよいこの一帯を当初は、都心の旦那衆、実業家、軍人などが家を求めた。

大正十年、借地、借家法が成立し、借地の短期間の契約は認められないことになり、その規制を嫌った地主層は、更地を借家人に払いさげる動きに転じてくる。

さらに大正十二年九月、関東大震災発生。江東方面の居住者が、杉並、世田谷方面へと移住する流れも拍車をかけ、新しい住宅が増えていく。

そして、大正十四年五月、世田谷の奥地開発（これは当方の表現ではない。悪しからず）のため、三軒茶屋―下高井戸間が全通した。昭和初年頃には、世田谷線は新しい足としての重要性を確保していたことになる。


毎度、前おきが長くて恐縮しています……。

荷風は、『つゆのあとさき』執筆の動機について、明治末年の風俗を『腕くらべ』〈一九一六（大正五）年〉で描いたが、昭和初年の風俗の変化も記録しておかなければならない。という内容の手紙を谷崎潤一郎へ書き送っている。

当方この分野は得意ではないので（では、どの分野が得意なのかと問われても、答える意志はない）『腕くらべ』と『つゆのあとさき』との間の変化を小谷野敦氏の表現を借用するが、前者の舞台は三業地、名称は「芸者」、身なりは伝統的和服。（樋口一葉の『たけくらべ』なども思い浮かべていただきたい）後者の舞台は交通の発達とともにカフェをはじめとして都内各地に拡散、名称は「女給」。身なりは和洋折衷。日本の「カフェ」の始まりは一九一一（明治四十四）年銀座「プランタン」とされる。小山内薫が命名したという。その後、カフェライオン、カフェタイガーなど続々と店が生まれる。大正期になって、そのカフェも、いわゆる純喫茶と酒を供し、女給が侍るタイプとに分化していく。

荷風はこの『つゆのあとさき』の発表で、名実ともに文壇の大家としての地位を確保したとされる。そして一九三七（昭和十二）年『墨東奇譚』が生まれる。『腕くらべ』と『つゆのあとさき』の間は今から振り返ると作品の停滞期にあたる、とされるのだが、そこはさすがに我が師匠、現地調査、探求を欠かすことはなく、この時期、実生活でも、カフェ・タイガーのお久、四谷大木戸の園香、それに待合を経営させていた外妾、お歌、などとのさまざまな実地経験を重ねていた。名作は一晩にしては、生まれないのである。

この『つゆのあとさき』の構成として、先の明るく澄みきった初夏の郊外の光景と対比をするような銀座のカフェの安普請の調理場の描写、そして夏が過ぎて吹きつける残酷な驟雨へと進む時間の流れを女給「君江」をトリックスターとして展開させていく。清岡の父の家の庭の「栗の花の強い匂い」も暗示として流れていく。重層性を帯びた構成で描かれていく。

荷風は中盤で「君江は、睡からふと覚めて、いずれが現実、いずれが夢であったかを区別しようとする。その時の情緒と感覚の混淆《こんこう》ほど快いものはない」と言わせている。この物語に不思議な奥行きを持たせている。

一読をおすすめします。

『つゆのあとさき』発表の同年九月、北一輝らがトリガーとなって満州事変が勃発する。都内に敷かれた玉川の砂利を踏む軍靴の音も次第に大きく響いていったかもしれない。

昭和十一年、二・二六事件勃発。

昭和十二年七月十一日、盧溝橋事件勃発、日中戦争に至る。

昭和十二年八月十日、『墨東奇譚』発表。

追記・その1

冒頭の松陰神社からの光景にまた戻るが谷崎潤一郎は、この辺りの描写は物語の筋の進行にはさほど必要のないもの、としているが、当方の意見は、この場面が、軽音楽でいう「サビ」の部分と解釈している。この部分なしに、物語が進行すると、暗く、生臭くなりすぎてしまうと考えている。

追記・その2

考えすぎなのかもしれないが、長州毛利家と彦根藩井伊家の対立から半世紀、清岡の家は、清岡進の寓居はその両者の地のほぼ中程、現在の烏山緑道付近と推測されるのだが。はて？

追記・その3

『つゆのあとさき』で、当方にとって印象的な場面がある。君江が、友達の私娼の元の旦那（会社の金を使いこんで懲役を課された過去を持つ人物で、死を予想させるのだが）と偶然飯田橋の堀のそばで出会う。飯田橋も、現在は大きな建物に占拠されてしまって何の面白味もない地に変化しているが、二人で夕暮れの小石川方面をぼんやり眺めての会話である。

あすこの、明るいところが神楽坂だな。そうすると、あすこが安藤坂で、樹の茂ったところが牛天神になるわけだな。おれもあの時代には随分したい放題な真似をしたもんだな。しかし人間一生涯の中に一度でも面白いと思う事があればそれで生れたかいがあるんだ。時節が来たら諦めをつけなくちゃいけない。
その安藤坂の先に、佳作『狐』の舞台となった荷風の幼少の頃のすまいがあった。そして、そこからほど遠からぬところに、徳川慶喜の終焉の地もある。荷風がこの風景を描いたことは、多分これ一度だけであると思う。
追記・その4
すみません。追記・その3でまた嘘をつきました。戦後（昭和二十一年）発表された『問わずがたり』に牛天神の記述があります。

書評（あとがきにかえて）

本書は、この数年間に著者によって書かれた小文をまとめたものである。おおむね書かれた順に並べられている。

二十世紀最後の年に著者が現在の場所に診療施設を開設した折に、挨拶の文中に「地の塩となり～」などと気負って書いたことが仇となったのか、ほんとうに土地の中の一片として塩漬けとなってしまい、鳥のように高く飛ぶことも叶わず、一年三百六十五日、地虫のように地を這いずり回って日を送る生活を愚痴にしているのを聞かされ、閉口した方々もおられることと思う。

さらに何の因果か、生来無口で気の弱い著者が、他人様の悩み、苦情を、お説ごもっともでございますと受け止め、対応もする立場におかれることが多くなり、腹中に溜まるものも増える一方のようであるらしい。

著者の前で、旅行に行ったとかおいしいものを食べて楽しかった、という話をすることは禁忌だったのである。

やっと最近になって、お客様の目を盗み（？）当該地から短い時間でも離れて未踏の地に旅することが、ほんのすこし、それでもたかだか数カ月に一回程度であるが、できるようになったらしい。著者の多用する「微少年」の頃、ほんとに何もないアパートの部屋のガラス窓越しに、目の前に迫った家屋と屋根しか見えないその先のわずかな天空を眺めて、あの空の先には何かあるのだろうという好奇心を確かめるための旅にやっと出かけられるようになり、実際にそのものを見て肌に触れ味わうことができるようになったのは喜ばしいことである。だがそうなると、今度は体力の衰えとの競争が待ちうけている。

本書は、ほんに稚拙な表現に満ちているが、それでも思いが読者のsympathyの一部にでも触れることがあるなら、著者には望外な喜びであろう。

あまり適切な表現ではないが、著者は現在の思いを、こなれがよくなく、きりきり張ったおなかを抱えていたが、やっと身体の外に出せたときの爽快感を得られたようだと話してくれた。

著者が、時々ひとりごとのようにKeyのはずれた唄を唄っていることがある。

When I get older, losing my hair, many years from now
Will you still feel me, will you still need me, when I'm 64?

この先、
Boy, you're gonna carry that weight a long time
と唄いながら、荷を背負ったまま、はるかなmagical mystery tourに出るとしても、その先に青い空があるのか、漆黒の闇が待ち受けているかは不明である。それでも、その先に何かあるかを老いた眼で確かめたいという著者の好奇心は尽きない。

著者は、次なる構想として、ひとつはこのまま「旅する町医者」を継続し、修学旅行を一段グレードの高い調査旅行にする案。あるいは、「恋する町医者」（対象は人間とは限らない）、「町医者残日録」、すこし趣を変えて「なんとか生きてるよおっ母さん」（母恋物）など新しい分野に挑む案なども検討しているようである。もっとも、タイトルだけ変えても中身は変わらないだろうという醒めた意見もあるようではあるが。

そのような構想が実現するかどうかは、読者の励ましの言葉と、著者に残された体力に規定されるということは、あらためて述べるまでもない。

本書執筆の動機を与えて下さったLady Rにこの場を借りてお礼申し上げます。

P 83

パウル・クレー（1879-1940年）
新しき天使、1920年（作品番号32）
紙に油彩転写、水彩、厚紙の台紙
31.8 × 24.2cm
イスラエル美術館蔵（エルサレム）
ヴァルター・ベンヤミン旧蔵

P 162

『WHEN I'M 64』
John Lennon/Paul McCartney

『CARRY THAT WEIGHT』
John Lennon/Paul McCartney

旅する町医者　修学旅行篇

2017年11月15日　初版第1刷発行

著　者　秋元 直人
発行者　瓜谷 綱延
発行所　株式会社文芸社
　　　　〒160-0022　東京都新宿区新宿1－10－1
　　　　　　　　　　電話　03-5369-3060（代表）
　　　　　　　　　　　　　03-5369-2299（販売）

印刷所　株式会社フクイン

ISBN978-4-286-18818-8　JASRAC 出1706395－701